中學生 ●●
文言經典選讀

莊子

朱慧　導讀及譯注

中華教育

導言

莊子和《莊子》

　　莊子，戰國中期思想家、哲學家、文學家。姓莊，名周，宋國蒙（今河南省商丘東北）人。他是繼老子之後道家學派的另一代表人物（比老子晚二百年左右），與老子並稱「老莊」。

　　莊子出生在貧困家庭，生活艱難，但一生鄙視榮華富貴、權勢名利，拒絕高官厚祿，保持清高人格，追求精神自由。莊子曾做過也許根本算不上甚麼官員的宋國地方的漆園吏。楚威王曾派人以「厚幣迎之，許以為相」，但莊子表示「寧遊戲污瀆之中自快，無為有國者所羈，終身不仕，以快吾志」。

　　莊子的思想精華集中體現於《莊子》一書中。《漢書·藝文志》著錄《莊子》五十二篇，今傳本為晉代郭象的注本，共三十三篇，其中內篇七、外篇十五、雜篇十一。《逍遙遊》《齊物論》《養生主》《秋水》《知北遊》《天下》等，都是讀者耳熟能詳的名篇。一般認為內篇為莊子自著，外篇、雜篇多為莊子弟子及後學所作。

　　《莊子》全書以出自虛構的「寓言」、援引先賢的「重言」、酣暢浪漫的「卮（危）言」為主要表現形式，詼詭譎奇，視角獨特，思想深邃，探討了宇宙、生命、人生、認識、道德、政治等問題。《莊子》的暗示性無邊無涯，涵蓋面無窮無盡，給人以廣闊的想像空間。

莊子不但是中國哲學史上一位著名的思想家，同時也是中國文學史上一位傑出的文學家，其作品被稱為「文學的哲學，哲學的文學」，無論在哲學思想方面，還是文學語言方面，都給予中國歷代的思想家、文學家以深刻的、巨大的影響，在中國思想史、文學史上都有極重要的地位。

莊子的思想與主張

　　莊子思想秉承老子而有所發展，在核心學說「道」的認識上更是一脈相承。老莊所謂的「道」，簡單說可以歸納為兩點，一是指宇宙的本源，所謂宇宙萬物均產生於「道」；二是指自然客觀規律。莊子把「道」的自然觀推及社會生活及人性人格上，突出之處有以下幾點：

　　一、莊子從「萬物一府，死生同狀」（《天地》）、「道通為一」（《齊物論》）的認識出發，主張萬物平等、物論平等，因而否定人類的自我中心與個人的自我中心，提倡摒除成見，揚棄我執，順應自然。

　　二、莊子在老子有關無與有、小與大、短與長、柔與剛、弱與強等等事物相互依存、相互對應與相互轉化關係的認識基礎上，突出了事物之間的共同性以及相異性的相互轉化，創建了「相對論」的認識論。他認為，除了產生萬事萬物的「道」是絕對不變的存在外，宇宙間的一切事物都是相對存在的，「物無非彼，物無非是」「彼出於是，是亦因彼」，也包括人的思想觀念，「彼亦一是非，此亦一是非」（《齊物論》）。這種相對性的認識論，推動了人類認識世界的深入發展。

　　三、表達了莊子對無限精神自由的嚮往與追求。這一點正是莊子思想的核心，也體現了人類最崇高的理想。對於如何跨入這一精神自由之路，《莊子》一書都在詮釋，而在《逍遙遊》篇有着集中而

形象的描述。莊子認為，一個人只有破除功、名、利、祿、權、勢、尊、位的束縛，在利益面前「無己」，在事業面前「無功」，在榮譽面前「無名」，才可能「乘天地之正」（掌握自然規律），「御六氣之辯」（駕馭天氣變化），走上自由之路。

四、《莊子》書中也反映了一些生活中的辯證認識，其中描述最多、表現最充分的，是關於「無用之用」的命題（《人間世》）。這一命題的論述，例證視角廣泛，內涵豐富，既包含「善於大用」「物盡其用」的思想，又含有「有失必有得」和「塞翁失馬，安知非福」的理念。

莊子的文學成就

《莊子》一書可以說是一部傑出、深刻、優美、生動、充滿怪奇的創作手法、洋溢着浪漫主義精神的散文集，它在先秦諸子散文中獨樹一幟。

第一、如前所述，《莊子》開創了「寓言」「重言」「卮言」三言並用的創作方法和藝術表現手法。不僅提出了三言之名目，還對三言在行文中的作用、自身的藝術風格特色，以及運用它的背景原因等，作了明確的說明（可重點參閱本書所選《天下》篇論莊子學派一段），實際上已經形成了「三言創作論」的理論建構。這一理論在《莊子》書中得到了充分的體現和完美的實踐。

第二、善於創造宏偉、雄奇和怪誕的藝術意境。莊子由於自身對自然之道的深邃認識，在養生體悟上所達到的很高境界，加之豐富的想像力，所以，一旦天機觸發，筆椽大開，手下絕非等閒之人、等閒之物、等閒之景。如《逍遙遊》寫鯤鵬之氣魄，「鵬之背，不知其幾千里也；怒而飛，其翼若垂天之雲」「鵬之徙於南冥也，水擊三千里，搏扶搖而上者九萬里」；如《人間世》寫櫟社樹之雄奇，「其大蔽數千牛，絜之百圍，其高臨山，十仞而後有枝」；如《人間世》

《德充符》等篇塑造了一系列形體殘缺、奇醜無比的人物,他們往往都是「頤隱於臍,肩高於頂」,令人匪夷所思的怪誕人物,而正是在這樣醜陋的形體上,寄託了莊子最美好的理想。

第三、善於用諷刺的手段、幽默的筆觸去揭露黑暗,抨擊邪惡,尤其是針對當權者的虛偽與趨炎附勢之人的卑下,尤為入木三分。如《外物》寫莊周家貧,向監河侯借糧,而監河侯卻回答說:「諾。我將得邑金,將貸子三百金。」虛偽奸詐的面孔暴露無遺。又如《列禦寇》寫得志小人曹商,因替宋王辦事受賞,竟在莊子面前炫耀說:「處窮閭厄巷,困窘織屨,槁項黃馘者,商之所短也;一悟萬乘之主而從車百乘者,商之所長也。」用不着再去抨擊,漫畫化的曹商,其卑下可憐之相已經躍然紙上。此外,對於世上的齷齪現象,莊子又用輕鬆幽默的筆觸,白描式的小說筆法,不留一點褒貶痕跡,介紹給讀者。

第四、《莊子》一書,其筆法之多端,變化之繁複,非常突出。除總體上有「三言」的佈置安排外,在具體情節的進展和人物形象的刻畫上,往往穿插使用諸如敍事、議論、引證、比喻、描繪等手法,使文章鮮明生動、曲折含蓄、富於變化、意味無窮。

莊子的影響

莊子對後世影響巨大,主要反映在莊子思想和莊子文學成就兩大方面。從思想方面看,由於莊子繼承和發展了老子「道」的學說,在當時即形成了與儒、墨鼎立的形勢,而後作為儒道釋三大家之一的思想文化,影響着中國近兩千年社會思想文化的發展。作為老莊哲學思想,他們提倡的淡泊名利、清心寡慾、曠達超脫,以及崇尚人與自然的和諧,追求為人處事上的清廉正直和真實無假的理想人格的塑造,對於人的道德思想境界的提高均有積極意義,對儒學提倡的敬業獻身精神是一種有益的補充。當然,老莊思想也存在消極

的一面，因為事物總是一分為二、相反相成的，倘若一味追求「無為」的境界，脫離作為社會人應該盡到的社會責任，也將會走向反面。

如果說莊子的哲學思想尚須有積極與消極的鑒別，而莊子在文學領域所展現出的浪漫主義創作手法，其散文的浪漫主義風格，則完全是積極的和進步的，為後世文學藝術的發展，諸如風格的多樣化、創作手法的豐富性，特別是針對社會的現實主義的批判精神，與藝術表現上的浪漫主義手法，都有着直接或間接的重大影響。莊子思想對歷代的學者、作家都有很深的影響，諸如屈原、司馬遷、陶淵明、李白、蘇軾、曹雪芹、魯迅等人，他們從不同的層面汲取有益的東西，成就了自己在文學史上的卓著地位。

當下和未來，人們繼續閱讀《莊子》，仍會不斷獲得很多有益的啟示。

說明：（1）選讀本限於篇幅，只選取內篇七篇和外篇、雜篇中的少數篇目進行注譯和賞析，所選各篇皆酌情作了刪節。（2）本書的編寫，參考了中華書局（香港）有限公司此前出版的「經典隨身讀」「新視野中華經典文庫」等多種譯注版本，謹此致謝。

朱慧

二零二零年二月

目錄

內篇選讀

逍遙遊

逍遙遊（節選）

【題解】

　　《逍遙遊》是《莊子》的第一篇，集中體現了莊子追求絕對自由的思想。文章以鯤鵬、蜩鳩為喻，揭示出生命不得逍遙自適的根源在於「有所待」——世上萬物雖有「小大之辨」，但均「有所待」，即都要依賴各種客觀條件。莊子認為，真正的逍遙者，追求的是一種「無所待而遊於無窮」的境界，即超越時空限制、突破功名利祿、不受任何束縛的絕對自由。《逍遙遊》奠定了整部《莊子》的浪漫主義基調。

　　近代學人胡樸安說：「莊子之學，以虛無為體，以寂靜為用，以自然為宗，以無為為教」；「《莊子》全書，皆是虛無、寂靜、自然、無為之遞演。」《逍遙遊》作為全書第一篇，「統括全書之意，逍遙物外，任心而遊，而虛無、寂靜、自然、無為之旨，隨在可見。能了解此意，《莊子》全書即可了解。」（《莊子章義·逍遙遊》總論）

　　《逍遙遊》用寓言說理，人物、場景均無所憑據，充滿神奇的想像。許多膾炙人口的成語出自本篇，如「鯤鵬展翅」「鵬程萬里」「凌雲之志」「一飛沖天」「越俎代庖」「勞而無功」「大而無當」「不近人情」「大相徑庭」等等。

北冥[1]有魚，其名為鯤。鯤之大，不知其幾千里也。化而為鳥，其名為鵬。鵬之背，不知其幾千里也。怒[2]而飛，其翼若垂天之雲[3]。是鳥也，海運[4]則將徙於南冥。南冥者，天池[5]也。

《齊諧》[6]者，志怪者也。《諧》之言曰：「鵬之徙於南冥也，水擊[7]三千里，摶扶搖[8]而上者九萬里，去以六月息者也[9]。」野馬也，塵埃也，生物之以息相吹也[10]。天之蒼蒼[11]，其正色邪？其遠而無所至極邪？其視下也，亦若是則已矣。

且夫[12]水之積也不厚，則其負大舟也無力。覆杯水於

1　**北冥**：北海。冥（粵 ming4 明　普 míng）：同「溟」，指海。

2　**怒**：同「努」，振奮，努力。這裏形容鼓動翅膀。

3　**垂天之雲**：天邊之雲。垂，同「陲」，邊陲。

4　**海運**：海動，海水翻騰，海動必有大風。

5　**天池**：天然大池。

6　**《齊諧》**：書名。出於齊國，記載詼諧怪異之事。

7　**水擊**：擊水、拍水。

8　**摶**（粵 tyun4 團　普 tuán）：當作「摶」，拍打。**扶搖**：海中颶風。

9　**去以六月息者也**：乘着六月之風而去。息，氣息，作「風」解。去，指飛去南海。六月息，即六月風。六月間的風最大，鵬便乘大風南飛。

10　**野馬也，塵埃也，生物之以息相吹也**：野馬，指空中遊氣。塵埃，指空中遊塵。生物，空中活動之物。

11　**蒼蒼**：深藍色。

12　**且夫**：開始語，提起將要談論的下文。夫（粵 fu4 符　普 fú）。

坳堂 [13] 之上，則芥 [14] 為之舟，置杯焉則膠 [15]，水淺而舟大也。風之積也不厚，則其負大翼也無力。故九萬里則風斯在下矣，而後乃今培風 [16]；背負青天而莫之夭閼 [17] 者，而後乃今將圖南 [18]。

蜩與學鳩 [19] 笑之曰：「我決起而飛，搶榆枋 [20] 而止，時則不至而控 [21] 於地而已矣，奚以之九萬里而南為 [22]？」適 [23] 莽蒼 [24] 者，三飡而反 [25]，腹猶果然 [26]；適百里者，宿舂糧 [27]；適千里者，三月聚糧。之二蟲 [28] 又何知！

13　坳堂：室內低窪處。坳（粵 aau3 凹　普 ào）。

14　芥：小草。

15　膠：粘着，意指船擱淺。

16　而後乃今：「而今乃後」的倒文。培風：憑藉風力。

17　莫之夭閼：無所窒礙。夭，折；閼（粵 aat3 壓　普 yù）：止。

18　圖南：圖謀南飛。

19　蜩（粵 tiu4 條　普 tiáo）：蟬。學鳩：小斑鳩。

20　搶（粵 coeng1 槍　普 qiāng）：撞，碰到。榆枋：兩種樹名。

21　控：投。

22　奚以……為：哪裏用得着……

23　適：到……去。

24　莽蒼：一片蒼色草莽的郊野。

25　三飡而反：來回只要準備一日三餐的食物。飡（粵 caan1 餐　普 cān）：同「餐」。反，同「返」。

26　果然：飽的樣子。

27　宿舂糧：舂字倒裝在下，讀作「舂宿糧」。舂搗糧食，為過一夜做準備。舂（粵 zung1 中　普 chōng）。

28　之二蟲：指蜩與學鳩。

　　小知[29]不及大知，小年[30]不及大年。奚以知其然也？朝菌不知晦朔[31]，蟪蛄[32]不知春秋，此小年也。楚之南有冥靈[33]者，以五百歲為春，五百歲為秋；上古有大椿[34]者，以八千歲為春，八千歲為秋，此大年也。而彭祖[35]乃今以久特聞，眾人匹之[36]，不亦悲乎？

　　湯之問棘[37]也是已：湯問棘曰：「上下四方有極乎？」棘曰：「無極之外，復無極也。窮髮[38]之北，有冥海者，天池也。有魚焉，其廣數千里，未有知其修[39]者，其名為鯤。有鳥焉，其名為鵬，背若太山[40]，翼若垂天之雲；摶扶搖羊角[41]而上者九萬里，絕[42]雲氣，負青天，然後圖南，且適南冥也。斥鴳[43]笑之曰：『彼且奚適也？我騰躍

29　知（粵 zi3 志　普 zhì）：同「智」。

30　年：年壽，壽命。

31　朝菌：朝生暮死的蟲子。晦朔：每月的第一天為晦，最末一天為朔，一個月的終始，這裏指白天與黑夜。

32　蟪蛄：寒蟬，春生夏死或夏生秋死。蟪（粵 wai6 衛　普 huì），蛄（粵 gu1 姑　普 gū）。

33　大椿：大椿樹，傳說中的神樹。

34　冥靈：溟海靈龜。

35　彭祖：傳說中有名的長壽人物，據說活了七八百歲。

36　匹之：與他相比。

37　棘：商湯時的一位賢者。

38　窮髮：不毛之地。髮，指草木。

39　修：長。

40　太山：泰山。

41　羊角：旋風。扶搖與羊角均為迴旋之風。

42　絕：穿過。

43　斥鴳：池澤中的小麻雀。斥：池，小澤。鴳（粵 aan3 晏　普 yàn）：即鷃，小雀鳥的意思。

而上，不過數仞[44]而下，翱翔蓬蒿之間，此亦飛之至[45]也！而彼且奚適也？』」此小大之辯[46]也。

故夫知效[47]一官，行比[48]一鄉，德合一君，而徵[49]一國者，其自視也，亦若此矣[50]。而宋榮子[51]猶然[52]笑之。且舉世而譽之而不加勸[53]，舉世而非之而不加沮[54]，定乎內外之分，辯乎榮辱之境，斯已矣。彼其於世，未數數然[55]也。雖然，猶有未樹也。夫列子御風而行，泠然善也，旬有五日而後反。彼於致福者，未數數然也。此雖免乎行，猶有所待者也。若夫乘天地之正，而御六氣之辯，以遊無窮者，彼且惡乎待哉？故曰：至人無己，神人無功，聖人無名。

堯讓天下於許由[56]，曰：「日月出矣，而爝火[57]不息，其

44　仞：周人以七尺為一仞。

45　至：極，指最理想的境界。

46　辯：通「辨」，辨者別也。

47　效：勝任。

48　比：庇，適合，投合。

49　徵：信，取信。

50　**其自視也，亦若此矣**：其，指上述三等人；此，指上文蜩、鳩、斥鴳囿於一隅而沾沾自喜。

51　**宋榮子**：戰國中期的一位思想家。根據《天下》篇的記載，宋氏學派的思想要點是：倡導上下均平，去除人心的固蔽。

52　**猶然**：喜笑的樣子。

53　**勸**：勉勵。

54　**沮**：沮喪。

55　**數數然**：汲汲然，急促的樣子。

56　**堯**：儒家理想的聖王。**許由**：傳說中的人物，隱士。

57　**爝火**：小火。爝（粵 zoek 雀　普 jué）。

於光也，不亦難乎！時雨降矣，而猶浸灌[58]，其於澤也，不亦勞乎！夫子立[59]而天下治，而我猶尸[60]之，吾自視缺然[61]。請致天下。」

許由曰：「子治天下，天下既已治也，而我猶代子，吾將為名乎？名者實之賓[62]也，吾將為賓乎？鷦鷯[63]巢於深林，不過一枝；偃鼠[64]飲河，不過滿腹。歸休乎君！予無所用天下為！庖人[65]雖不治庖，尸祝不越樽俎[66]而代之矣。」

……

惠子[67]謂莊子曰：「魏王貽我大瓠[68]之種，我樹之成而實五石[69]。以盛水漿，其堅不能自舉也；剖之以為瓢，則瓠落無所容[70]。非不呺然[71]大也，吾為其無用而掊之。」莊

58　**浸灌**：浸潤澆灌。

59　**立**：登上王位。

60　**尸**：徒居名位，這裏指主其事。

61　**缺然**：歉然。

62　**賓**：賓位，附屬、派生的東西。

63　**鷦鷯**：一種小鳥，俗稱「巧婦鳥」。鷦（粵 ziu1 招　普 jiāo），鷯（粵 liu4 療　普 liáo）。

64　**偃鼠**：隱鼠，又名鼴鼠，即田野地行鼠。偃（粵 jin2 演　普 yǎn）。

65　**庖人**：廚師。庖（粵 paau4　普 páo）。

66　**尸祝**：祭祀時主祭的人。樽（粵 zeon1 尊　普 zūn）：酒器，俎（粵 zo2 左　普 zǔ）：盛肉的器皿。樽俎指廚事。

67　**惠子**：惠施，宋人，做過梁惠王的宰相，是莊子的好朋友。

68　**魏王**：魏惠王，因魏都遷大梁，所以又稱梁惠王。貽：贈送。瓠（粵 wu4 胡　普 hù）：葫蘆。

69　**石**（粵 daam3 擔　普 dàn）：容量單位，十斗為一石。

70　**瓠落無所容**：指瓢太大無處可容。瓠落：廓落，空闊的樣子。

71　**呺然**：空虛巨大的樣子。呺（粵 hiu1 囂　普 xiāo）。

子曰:「夫子固拙於用大矣。宋人有善為不龜[72]手之藥者，世世以洴澼絖[73]為事。客聞之，請買其方百金。聚族而謀曰:『我世世為洴澼絖，不過數金。今一朝而鬻技[74]百金，請與之。』客得之，以說[75]吳王。越有難[76]，吳王使之將[77]。冬，與越人水戰，大敗越人，裂地而封之。能不龜手一也，或以封，或不免於洴澼絖，則所用之異也。今子有五石之瓠，何不慮以為大樽[78]而浮乎江湖，而憂其瓠落無所容？則夫子猶有蓬之心[79]也夫！」

惠子謂莊子曰:「吾有大樹，人謂之樗[80]。其大本擁腫[81]而不中繩墨，其小枝卷曲而不中規矩。立之塗，匠者不顧。今子之言，大而無用，眾所同去也。」

莊子曰:「子獨不見狸狌[82]乎？卑身而伏，以候敖者[83];

72　龜（粵 gwan1 軍　普 jūn）：即皸，氣候嚴寒，手皮凍裂如龜紋。

73　洴澼絖：這個詞組指漂洗絲絮。洴（粵 ping4 平　普 píng），澼（粵 pik1 闢　普 pì）：水流淌，代指漂洗；絖（粵 kwong3 曠　普 kuàng）：棉絮。

74　鬻技：鬻（粵 juk6 育　普 yù），賣。出賣製藥的技方。

75　說（粵 seoi3 歲　普 shuì）：遊說。

76　越有難：越國發兵侵吳。難：難事，指軍事行動。

77　將：帶兵。

78　慮：繫縛之意。樽：南人所謂腰舟。

79　蓬之心：喻心靈茅塞不通。

80　樗（粵 syu1 書　普 chū）：落葉喬木，木材皮粗質劣。

81　擁腫：指木瘤盤結。

82　狸：貓。狌（粵 sang1 生　普 shēng）：鼬鼠，俗名黃鼠狼。

83　敖者：遨翔之物，指雞鼠之類。

東西跳梁[84]，不辟[85]高下；中於機辟[86]，死於罔罟[87]。今夫犛牛，其大若垂天之雲，此能為大矣，而不能執鼠。今子有大樹，患其無用，何不樹之於無何有之鄉，廣莫之野，彷徨[88]乎無為其側，逍遙[89]乎寢臥其下？不夭斤斧，物無害者，無所可用，安所困苦哉！」

84　**跳梁**：跳踉，騰越跳動。

85　**辟**（粵 bei6 比　普 bì）：同「避」。

86　**機辟**：捕獸器。

87　**罟**（粵 gu2 古　普 gǔ）：網。

88　**彷徨**：徘徊，悠遊自得。

89　**逍遙**：悠然自在。

〔賞析與點評〕

　　《逍遙遊》首先通過大鵬與蜩和學鳩等小生物的對比，闡述了「大」與「小」的區別，進而指出，無論是不善飛翔的蜩與學鳩，還是能夠藉風力「扶搖而上九萬里」高空的大鵬，甚至可以御風而行的列子，都是「有所待」而不自由的。莊子主張把「有所待」的境界一一推倒，實現精神對存在的完全超越和心靈的完全自由。如何獲得心靈的自由？莊子的回答是「無己」，即忘我，也就是超越自我，沒有了物我的分別。本篇最後通過惠施與莊子的「有用」「無用」之辯，繼續倡導突破精神的定見、執着和束縛，以達到內心的「逍遙」。

　　「無所待而遊於無窮」。莊子的「逍遙遊」作為一種理想境界，自然令人神往。不過，這種超越時空、超越物我的「無所待」的絕對自由的生活，只能存在於人們的夢境中，現實中是無法達到的。

　　「水之積也不厚，則其負大舟也無力」「風之積也不厚，則其負大翼也無力」，提醒人們，目標遠大還需腳踏實地，只有底蘊深厚堅實，才能實現恢弘的偉業。

　　在篇末惠施與莊子的論辯中，莊子通過狸狌與犛牛的比較，說明小聰明遠不及大智慧；又通過把臃腫無用、「匠者不顧」的大樹移植於曠野，供人「彷徨乎無為其側，逍遙乎寢臥其下」，而且可以免遭刀砍斧削，進一步闡明了聰明機巧往往招致災禍，大智若愚方可逍遙自在，無所可用方能成其大用的觀點。

【語譯】

北海有一條魚，牠的名字叫做鯤。鯤的體長，不知道有幾千里。變化成為鳥，牠的名字叫做鵬。鵬的闊背，不知道有幾千里。奮起而飛，牠的翅膀就像天邊的雲。這隻鳥啊，當海水激盪、颶風颳起的時候，就要遷往南海。那南海，就是一個天然的大池。

《齊諧》這本書，是記載怪異之事的。書裏有這樣的話：「當鵬往南海遷徙時，一擊水就行三千里，環繞旋風升騰九萬里，牠是乘着六月的大風而飛去的。」野馬般的氣霧，飛揚的浮塵，這都是生物的氣息相互吹拂的結果。看那天空，湛藍湛藍的，那是它的本色嗎？還是由於它無限高遠的緣故呢？倘若從上往下看，大概也是這種光景吧。

水的積蓄不夠深厚，那就沒有能力負載大船。在堂前的窪地上倒上一杯水，那麼放入一根小草還可以當船，放上一隻杯子就膠着不動了，這是水淺而船大的緣故。風的勢頭不夠強勁，那就沒有能力負載巨大的翅膀。所以鵬飛九萬里，由於風就在牠的下面，然後才憑藉着大風飛行；由於背靠青天而沒有阻礙牠的東西，然後才能圖謀飛往南海。

蜩和學鳩譏笑大鵬說：「我們從地面疾速而飛，碰上榆樹檀樹的枝條就停下來，有時飛不上去，就落到地面罷了，何必要飛上九萬里高空而前往南海呢？」到郊野去，只需攜帶三頓飯食，回來後還是飽飽的；去百里以外的地方，就要準備過夜的糧食；去千里以外的地方，那就要預備三個月的口糧。這兩隻小蟲小鳥又怎麼會知道！

智慧小的不如智慧大的，壽命短的不如壽命長的。怎麼知道是

這樣呢？朝菌朝生暮死，不知道晝夜的交替，蟪蛄夏生秋死，不知道春夏秋冬四季的變化，這都是由於壽命短促的緣故。楚國的南邊有一隻靈龜，以五百年的光陰當作一個春季，又以五百年的光陰當作一個秋季；遠古時期有一棵大椿樹，更以八千年光陰當作一個春季，再以八千年光陰當作一個秋季，這是因為它們的壽命太長了。然而彭祖至今還以長壽聞名於世，眾人和他相比，豈不是很可悲嗎？

商湯問棘中也有這樣的話：商湯問棘：「上下四方有極限嗎？」棘說：「無極之外，又是無極啊。在不毛之地的北方，有一個廣漠無涯的大海，那是天然形成的大池。那裏有一條魚，牠的身寬有幾千里，沒有人知道牠的身長，牠的名字叫做鯤。有隻鳥，牠的名字叫做鵬。鵬的脊背像泰山，翅膀像天邊的雲。牠乘着羊角般的旋風，直升到九萬里的高空，穿越雲霧，背負青天，然後一個心思往南飛去，將要到達南海。池澤中的小雀譏笑大鵬說：『牠將要往哪兒飛呢？我騰躍而起，飛不過幾丈高就落下來，在蓬蒿叢中飛來飛去，這也是飛翔中很得意的境界了！而牠還想飛到哪裏去呢？』」這就是小和大的區別。

所以說，那些才智可以充當一官半職的，品行可以親合一鄉人心意的，德性合乎國君要求而又能取信於百姓的，他們自我感覺啊，也與這些小雀們並無區別。宋榮子禁不住嗤笑他們。像宋榮子這樣的人，全世界都讚揚他，他也不為此受到激勵；全世界都非議他，他也不為此感到沮喪。他能確定自我與外物的區別，分辨榮譽與恥辱的界限，不過如此而已。他對於世俗的功名，不曾汲汲去追求，儘管如此，仍有更高的境界沒有樹立。列子可以乘風飛行，飄飄然輕盈的樣子非常美好了，他出門一次，要十五天後才返回。列

子沒有拚命追求幸福，他雖不必步行，但還是有所依靠。如果能順應萬物特性，駕馭六氣變化，遨遊於無窮無盡的領域，那就沒甚麼需要憑藉的了。因此，可以說最高境界的至人忘掉自己，與萬物合一；神人沒有有意作為；無意求功於世；聖人不會汲汲於名利。

堯想要把天下讓給許由，對他說：「日月都出來了，而火燭還不熄滅，它要和日月爭輝，這不是很難嗎？適時之雨已經普降，而人們還在汲水灌田，這對於禾苗的滋潤，豈不是多此一舉嗎？倘若您登上大位，天下就會安定，而我還在佔着您的位子，自己感到太不夠格了。請讓我把天下交給您吧。」

許由說：「您治理天下，天下已經得到了治理，這時還讓我來代替您，我將要求名嗎？名這東西，不過是實的附庸，難道我將要充當附庸嗎？鷦鷯在茂林中築巢，只需佔用一根樹枝就夠了；偃鼠到河邊飲水，只不過喝飽肚皮就夠了。您請回吧！我要天下做甚麼呢？廚師雖然不盡職守，主祭的人不會替他去烹調。」

惠子對莊子說：「魏王送給我一顆大葫蘆種子，我把它種植養大，果實足有五石。用它盛水，它的堅固程度承受不了自己的容量；把它破開做成瓢，那麼闊大的瓢無處可容。這葫蘆並非不夠空大，只是大得無法派上用場，所以就把它打碎了。」莊子說：「你真是不善於利用大的東西。宋國有個人，擅長製造讓手不皸裂的藥，於是利用它，世世代代從事漂洗絲絮的工作。有個客人聽說，要拿出百金買下這個藥方。宋人便聚集起全家族的人商量說：『我家世世代代以漂洗絲絮為業，所得也不過幾金。如今一旦把藥方賣出就可以獲得百金，就賣了吧。』客人得到藥方後，便去遊說吳王。這時越國發兵攻打吳國，吳王就派他領兵打仗。冬天，吳軍與越軍水戰，大敗

越軍，吳王劃出一塊土地封賞他。同樣一個讓人不皸裂手的藥方，有人用它得到了封賞，有人用它只能從事漂洗絲絮的工作，這是因為用途不同。現在你有五石之大的葫蘆，為甚麼不考慮把它當作腰舟繫在身上，去浮游於江湖之上，反而擔憂它太大無處可容呢？可見你的心如同蓬草一樣茅塞不通啊！」

惠子對莊子說：「我有一棵大樹，人們稱它為樗樹。它的樹幹長滿木瘤而不符合繩墨的要求，它的小枝彎彎曲曲也不合規矩。它長在路邊，匠人們不屑一顧。而今你的言論，大而無用，眾人都遠離它而去了。」莊子說：「你難道就沒見過野貓和黃鼠狼嗎？牠們趴伏着身子，等候出遊的小動物；牠們東躍西跳，不避高低；往往陷入機關，死於羅網之中。再看那犛牛，龐大的身軀就像天邊的雲，牠的能力大極了，卻不會捕捉老鼠。現在你有這麼一棵大樹，卻愁它無用，為甚麼不把它種植在虛無的鄉土、廣漠的曠野，悠閒自在地徘徊在大樹的旁邊，怡然自得地睡臥在大樹的下面呢？它不會遭到斧頭的砍伐而夭折，沒有甚麼東西去傷害它，它的無所可用，哪裏還會招來困苦呢！」

【想一想】--

文中有哪些句子或小故事，體現了莊子尋求自由的「逍遙」思想？

【 強化訓練 】--

一、把以下文字語譯為白話文：

(1) 故九萬里則風斯在下矣，而後乃今培風；背負青天而莫之天閼者，而後乃今將圖南。

_____

_____

_____

(2) 且舉世而譽之而不加勸，舉世而非之而不加沮；定乎內外之分，辯乎榮辱之境，斯已矣。

_____

_____

_____

(3) 歸休乎君，予無所用天下為！庖人雖不治庖，尸祝不越樽俎而代之矣。

_____

_____

_____

(4) 今子有五石之瓠，何不慮以為大樽而浮乎江湖，而憂其瓠落無所容？則夫子猶有蓬之心也夫！

_____

_____

_____

(5) 不夭斤斧，物無害者，無所可用，安所困苦哉！

_____

_____

_____

二、試從本篇文章中找出三個常用成語：

（　　　　　）　（　　　　　　　）　（　　　　　　　）

三、解釋以下畫線字詞：

（1）怒而飛_____

（2）其堅不能自舉也_____

四、試回答以下問題：

（1）在莊子看來，怎樣才是真正的「逍遙」呢？試選取文中例子回答。

_____

_____

_____

（2）從小雀和大鵬的故事中，我們能得到甚麼教訓？

_____

_____

_____

內篇選讀

齊物論

齊物論（節選）

【題解】

《齊物論》是《莊子》的另一名篇，主要強調萬物和人的認識的相對性，強調萬事萬物無差別的「齊一」。齊物論包括齊「物」和齊「物論」（人們關於各種事物、各種問題的言論、觀點）兩方面的意思。莊子認為，包括人的品性、感情在內的世界萬物，看起來千差萬別，但歸根結底是齊一的；人的認識、看法也是一樣，所有的差異、差別都是暫時的、相對的。他主張在一種「天地與我並生，萬物與我為一」的境界中，消解人與萬物、人與道之間的隔閡，消除人的認識的相對性所帶來的偏執，破除各種成見，從而達到對「道」的洞徹。

莊子在開篇第一段即提出了一個「吾喪我」的命題。「喪我」並不是要喪失自我，而是要去掉紛繁蕪雜的「諸我」，復歸生命本源的虛靜靈台，還自己一個澄明淨澈的本我。由「吾喪我」引發開去，以人籟、地籟、天籟為喻，要求人們消除種種「是非」「成心」，達到物我兩忘的超然境界。

莊子強調萬事萬物的相對性，無疑含有辯證法的因素，但由此完全否認事物間的一切差別和人們認識真理的可能性，又使自己陷入了相對主義的泥坑。把事物的相對性絕對化，辯證法就變成了詭辯論。

從本篇可以學到的成語有「槁木死灰」「朝三暮四」「栩栩如生」「妄言妄聽」「存而不論」等等。

【原文】--

　　南郭子綦[1]隱機[2]而坐，仰天而噓[3]，嗒焉似喪其耦[4]。顏成子游[5]立侍乎前，曰：「何居[6]乎？形固可使如槁木，而[7]心固可使如死灰乎？今之隱機者，非昔之隱機者也。」

　　子綦曰：「偃，不亦善乎，而問之也！今者吾喪我[8]，汝知之乎？汝聞人籟而未聞地籟，汝聞地籟而未聞天籟夫[9]！」

　　子游曰：「敢問其方。」

　　子綦曰：「夫大塊噫氣[10]，其名為風。是唯無作，作則

1　**南郭子綦**：此人為楚昭王庶弟，住在城郭南端。莊子寓託的得道之人。綦（粵 kei4 其　普 qí）。

2　**隱機**：憑几坐忘。隱：憑，倚。機：今本作「几」。

3　**噓**：吐氣為噓，慢慢地出氣。

4　**嗒焉似喪其耦**：嗒（粵 taap3 塔　普 dá）。該詞指相忘的樣子。喪，失，猶忘。耦，即「偶」，匹對。通常解釋為精神與肉體為偶，或物與我為偶。似喪其耦，意指心靈活動不為形軀所牽制，亦即指精神活動超越於匹對的關係而達到獨立自由的境界。

5　**顏成子游**：子綦的弟子，複姓顏成，名偃，字子游。

6　**何居**：何故。

7　**而**：同「爾」，汝。

8　**吾喪我**：摒棄我見。「喪我」的「我」，指偏執的我。「吾」指真我。由「喪我」達到「忘我」，臻於萬物一體的境界。

9　**汝聞人籟而未聞地籟，汝聞地籟而未聞天籟夫**：「籟」（粵 laai6 賴　普 lài），即簫，這裏指空虛地方發出的聲響。「人籟」是人吹簫管發出的聲響，譬喻無主觀成見的言論。「地籟」是指風吹各種竅孔所發出的聲音，「天籟」是指事物因其各自的自然狀態而自鳴。三籟並無不同，都是天地間自然的音響。

10　**大塊**：大地。**噫氣**：吐氣出聲。

萬竅怒呺[11]。而獨不聞之翏翏[12]乎？山林之畏佳[13]，大木百圍之竅穴，似鼻，似口，似耳，似枅[14]，似圈[15]，似臼，似窪[16]者，似污[17]者。激[18]者、謞[19]者、叱者、吸者、叫者、譹[20]者、宎[21]者、咬者[22]。前者唱於而隨者唱喁，泠[23]風則小和，飄風則大和，厲風濟[24]則眾竅為虛。而獨不見之調調之刁刁[25]乎？」

子游曰：「地籟則眾竅是已，人籟則比竹[26]是已，敢問天籟？」

---

11 呺（粵 hou4 號 普 háo）：號，吼叫。

12 翏翏：長風聲。

13 山林之畏佳：山林，山陵；佳（粵 ceoi1 追 普 cuī），崔崔，形容山勢的高下盤迴。

14 枅（粵 gai1 雞 普 jī）：柱上方木。

15 圈：杯圈，圓竅。

16 窪：深池，指深竅。

17 污（粵 waa1 娃 普 liáo）：小池，指淺竅。上文「似鼻，似口，似耳，似枅，似圈，似臼，似窪者，似污者」，都是形容眾竅的形狀。

18 激：水激之聲。

19 謞（粵 hok6 學 普 xiào）：若響箭之聲。

20 譹者：若嚎哭聲。

21 宎者：像風吹到深谷的聲音。宎（粵 ngaau5 咬 普 yǎo）。

22 咬者：悲哀聲。前文中「激者、謞者、叱者、吸者、叫者、譹者、宎者，咬者」，都是形容竅穴發出的聲音。

23 泠（粵 ling4 令 普 líng）：小風。

24 厲風濟：烈風止。濟：止。

25 調調、刁刁：搖動的樣子。

26 比竹：簫管、笙簧之類。

子綦曰：「夫天籟者，吹萬不同，而使其自己[27]也。咸其自取，怒者其誰[28]邪？」

大知閑閑，小知間間[29]；大言炎炎，小言詹詹[30]。其寐也魂交，其覺也形開[31]。與接為搆[32]，日以心鬥。縵[33]者，窖者，密者。小恐惴惴，大恐縵縵[34]。其發若機栝[35]，其司[36]是非之謂也；其留如詛盟[37]，其守勝之謂也；其殺[38]若秋冬，以言其日消[39]也；其溺之所為之，不可使復之也[40]；其厭也如緘[41]，以言其老洫[42]也；近死之心，莫使復陽[43]也。喜怒哀

27　**使其自己也**：使它們自己發出千差萬別的聲音，乃是各個竅孔的自然狀態所致。

28　**怒者其誰邪**：發動者還有誰呢？這話指萬竅怒號乃是自取而然的，並沒有其他的東西來發動它們。

29　**閑閑**：廣博的樣子。**間間**：瑣細分別的樣子。

30　**炎炎**：盛氣凌人的樣子。**詹詹**：言辯不休。

31　**魂交**：精神交錯。**形開**：形體不寧。

32　**與接為搆**：與外界接觸，交涉糾纏。搆（粵 gau3 構 普 gòu）：接觸。

33　**縵**（粵 maan6 萬 普 màn）：通「慢」，引申為遲緩之義。**窖**：設下圈套。**密**：謹密。

34　**惴惴**：憂懼的樣子。**縵縵**：迷漫失神，驚魂失魄的神情。

35　**其發若機栝**：形容辯者驟然發言，速度之快有如飛箭一般。栝（粵 kut3 括 普 kuò）：箭栝。

36　**司**（粵 zi6 自 普 sì）：同「伺」。

37　**其留如詛盟**：形容心藏主見不肯吐露，好像咒過誓一樣。

38　**殺**：猶「衰」，喻凋萎。

39　**日消**：指天真日喪。

40　**其溺之所為之，不可使復之也**：沉溺於所為，無法恢復真性。

41　**其厭也如緘**：形容心靈閉塞，如受緘縢束縛。

42　**老洫**：謂老朽枯竭。洫（粵 gwik1 隙 普 xù）：枯竭。

43　**莫使復陽**：不能再恢復生氣。

樂，慮歎變慹 [44]，姚佚啟態 [45]。樂出虛，蒸成菌 [46]。日夜相代乎前，而莫知其所萌。已乎，已乎！旦暮得此 [47]，其所由以生乎！

非彼 [48] 無我，非我無所取 [49]。是亦近矣，而不知所為使。若有真宰 [50]，而特不得其眹 [51]。可行已信 [52]，而不見其形，有情而無形 [53]。

百骸、九竅、六藏 [54]，賅而存焉，吾誰與為親？汝皆說 [55] 之乎？其有私 [56] 焉？如是皆有為臣妾乎？其臣妾不足以相治乎？其遞相為君臣乎？其有真君 [57] 存焉！如求得其情與不得，無益損乎其真。

44　**慮歎變慹**：憂慮、感歎、反覆、怖懼。形容辯者們的情緒反應。慹（粵 zip3 接　普 zhé）：恐懼。

45　**姚佚啟態**：浮躁、放縱、張狂、作態。形容辯者們的行為樣態。

46　**樂出虛，蒸成菌**：樂聲從虛器中發出來，菌類由地氣的蒸發產生。

47　**此**：指上述各種反覆無常的情態。

48　**彼**：指上述各種情態。

49　**取**：資。

50　**真宰**：即天真本性，身心的主宰者，亦即真我。

51　**眹**（粵 zan6 陳　普 zhèn）：徵兆，端倪。

52　**可行已信**：可通過實踐來驗證。

53　**有情而無形**：有真實存在而不見其形。

54　**六藏**：藏（粵 zong6 狀　普 zàng），通「臟」。心、肝、脾、肺、腎稱為五臟。腎有兩個，所以又合稱六臟。

55　**說**：同「悅」。

56　**私**：偏愛。

57　**真君**：與「真宰」同義。

一受其成形，不亡以待盡 [58]。與物相刃相靡 [59]，其行盡 [60] 如馳而莫之能止，不亦悲乎？終身役役而不見其成功，苶然 [61] 疲役而不知其所歸，可不哀邪！人謂之不死，奚益！其形化，其心與之然，可不謂大哀乎？人之生也，固若是芒 [62] 乎？其我獨芒，而人亦有不芒者乎？

夫隨其成心而師之 [63]，誰獨且無師乎？奚必知代 [64] 而心自取者有之？愚者與有焉！未成乎心而有是非，是今日適越而昔至也 [65]。是以無有為有。無有為有，雖有神禹且不能知，吾獨且奈何哉！

夫言非吹也 [66]。言者有言，其所言者特未定也 [67]。果有言邪？其未嘗有言邪？其以為異於鷇音 [68]，亦有辯 [69] 乎？其無辯乎？

58　**不亡以待盡**：不中途亡失，即一旦秉承天地之氣成形，便要不失其真性以盡天年。

59　**靡**：今作「磨」。

60　**行盡**：走向死亡。

61　**苶然**：疲病的樣子。苶（粵 nip6 攝　普 nié）。

62　**芒**：茫昧，迷糊。

63　**成心**：成見，偏見。**師**：取法。

64　**代**：指自然之變化更替。

65　**今日適越而昔至也**：今天到越國去而昨天就已經到了。意思是說：沒有成心是不會有是非的，即是說，人的是非，都是由於成心先已形成。

66　**言非吹也**：言論和風吹發聲不同。意指言論出於成見，風聲乃發於自然。

67　**言者有言，其所言者特未定也**：辯者各有所說，但其說尚不足為定準。

68　**鷇音**：幼鳥將破殼而出時發出的叫聲。鷇（粵 kɑu3 構　普 gòu）：初生之鳥。

69　**辯**：通「辨」，區別。

道惡乎隱而有真偽？言惡乎隱而有是非？道惡乎往而不存？言惡乎存而不可？道隱於小成⁷⁰，言隱於榮華⁷¹。故有儒墨之是非，以是其所非而非其所是。欲是其所非而非其所是，則莫若以明⁷²。

物無非彼，物無非是⁷³。自彼則不見，自是則知之。故曰：彼出於是，是亦因彼，彼是方生⁷⁴之說也。雖然，方生方死，方死方生⁷⁵；方可方不可⁷⁶，方不可方可；因是因非，因非因是⁷⁷。是以聖人不由而照之於天⁷⁸，亦因是也⁷⁹。是亦彼也，彼亦是也。彼亦一是非，此亦一是非。果且有彼是乎哉？果且無彼是乎哉？彼是莫得其偶，謂之道樞⁸⁰。樞始得其環中，以應無窮⁸¹。是亦一無窮，非亦

70　小成：片面的成就，指局部認識所得的成果。

71　言隱於榮華：言論被浮華之詞所蔽。

72　莫若以明：不如用明靜之心去觀照。

73　物無非彼，物無非是：物象，沒有不是作為他物的「彼」，作為自己的「此」而存在的。

74　彼是方生：指彼與此的概念相對而生、相依而存。

75　方生方死，方死方生：這是名家學派代表人物惠施的命題，此處就相對主義的觀點說明事物的相對轉換。

76　方可方不可：「可」即「是」，「不可」即「非」。說明價值判斷的無窮相對性。

77　因是因非，因非因是：是非相因而生，有是即有非，有非即有是。

78　照之於天：觀照於事物的本然樣子。

79　亦因是也：也就順着這樣子。即這也是因任自然的道理。

80　彼是莫得其偶，謂之道樞：彼此不成對峙，就是道的樞紐。意指彼與此、可與不可的差別對立與紛爭，乃是人的主觀作用，並非客體實在。

81　樞始得其環中，以應無窮：合乎道樞才能像是進入環的中心，可以順應無窮的流變。

一無窮也⁸²。故曰：莫若以明。

其分也，成也；其成也，毀也⁸³。凡物無成與毀，復通為一。唯達者知通為一，為是不用而寓諸庸⁸⁴。因是已。已而不知其然，謂之道。勞神明⁸⁵為一，而不知其同也，謂之「朝三」。何謂「朝三」？狙公賦芧⁸⁶，曰：「朝三而暮四。」眾狙皆怒。曰：「然則朝四而暮三。」眾狙皆悅。名實未虧，而喜怒為用，亦因是也。是以聖人和⁸⁷之以是非，而休乎天鈞⁸⁸，是之謂兩行⁸⁹。

古之人，其知有所至矣⁹⁰。惡⁹¹乎至？有以為未始有物者，至矣，盡矣，不可以加矣！其次以為有物矣，而未始有封⁹²也。其次以為有封焉，而未始有是非也。是非之彰也，道之所以虧也。道之所以虧，愛⁹³之所以成。果且

---

82 **是亦一無窮，非亦一無窮也**：指彼此人物、環象、事態的轉換對立中產生無窮的是非判斷。

83 **其分也，成也；其成也，毀也**：任何事物的分散，必定有所生成；任何事物的生成，必定有所毀滅。

84 **不用**：指不用固執自己的成見，或不用分別「分」與「成」的觀念。**寓諸庸**：寄寓於事物的功用上。

85 **神明**：精神，心思、心神。

86 **狙公**：養猴的人；狙（粵 zeoi1 且 普 jū）：猴子。**賦**：分給。**芧**（粵 zeoi6 序 普 xù）：小栗，橡子。

87 **和**：合，混同。

88 **休**：止，息。**天鈞**：自然均衡的道理。

89 **兩行**：兩端都可行，即兩端都能關照到。

90 **有所至**：智慧達到了最高境界。

91 **惡**（粵 wu1 於 普 wū）：疑問代詞，怎麼。

92 **封**：界限，界域。

93 **愛**：指私愛，偏好。

有成與虧乎哉？果且無成與虧乎哉？有成與虧，故昭氏之鼓琴也[94]；無成與虧，故昭氏之不鼓琴也。昭文之鼓琴也，師曠之枝策[95]也，惠子之據梧[96]也，三子之知幾乎皆其盛者也[97]，故載之末年[98]。唯其好之也，以異於彼[99]，其好之也，欲以明之。彼非所明而明之，故以堅白之昧終[100]。而其子[101]又以文之綸終，終身無成。若是而可謂成乎，雖我亦成也[102]；若是而不可謂成乎，物與我無成也。是故滑疑之耀，聖人之所圖也[103]。為是不用而寓諸庸，此之謂「以明」。

夫道未始有封[104]，言未始有常[105]，為是而有畛也[106]。請言其畛。有左有右，有倫有義，有分有辯，有競有爭，此

94　**故**：則，就是。昭氏即昭文，善於彈琴。

95　**師曠**：晉平公的樂師。**枝策**：舉杖以擊打樂器。

96　**據梧**：倚靠着梧樹。

97　**三子之知，幾乎皆其盛者也**：三個人的技藝都算得上登峯造極了。

98　**載之末年**：一說從事此業終身；一說以其知盛，故能載譽於晚年。

99　**異於彼**：炫異於他人。

100　**以堅白之昧終**：謂惠施終身迷於堅白之說。

101　**其子**：一說昭文的兒子，一說惠施的兒子。**綸**：一說琴瑟的弦，一說綸緒，即緒業。

102　**雖我亦成也**：此句應為「雖我無成，亦可謂成矣」。

103　**滑疑之耀，聖人之所圖也**：一說含蓄的光明，乃是聖人所希圖的。一說迷亂人心的炫耀，乃是聖人所要摒去的。滑（粵 gwat1 骨　普 gǔ）。

104　**道未始有封**：道無所不在，未曾有彼此之分。封，界域。

105　**言未始有常**：言未曾有定說。**常**：是非標準。

106　**為是而有畛**：為了爭執一個「是」字而劃出界限。畛（粵 can2 抻　普 zhěn）：邊界。

之謂八德[107]。六合[108]之外，聖人存而不論；六合之內，聖人論而不議；春秋經世先王之志[109]，聖人議而不辯。故分也者，有不分也；辯也者，有不辯也。曰：何也？聖人懷之[110]，眾人辯之以相示[111]也。故曰：辯也者[112]，有不見也。

夫大道不稱，大辯不言，大仁不仁，大廉不嗛[113]，大勇不忮[114]。道昭而不道，言辯而不及，仁常而不成[115]，廉清而不信，勇忮而不成。五者無棄而幾向方矣！故知止其所不知，至矣。孰知不言之辯，不道之道？若有能知，此之謂天府[116]。注焉而不滿，酌焉而不竭，而不知其所由來，此之謂葆光[117]。

瞿鵲子問乎長梧子[118]曰：「吾聞諸夫子[119]，聖人不從事於務，不就利，不違害，不喜求，不緣道[120]，無謂有謂，

107　**有左有右，有倫有義，有分有辯，有競有爭，此之謂八德**：儒墨等派所持爭論的八種。左右，指尊卑高下。義，通「儀」，法度禮數。倫義，指綱紀法度。

108　**六合**：指天地四方。

109　**春秋經世先王之志**：古史上有關先王治世的記載。

110　**懷之**：指默默體認一切事理。

111　**相示**：互相誇示。

112　**辯也者，有不見也**：謂凡爭辯者，只見自己之是，而不見自己之非。

113　**嗛**（粵 him1 謙　普 qiān）：通「謙」，謙遜。

114　**忮**（粵 zi3 志　普 zhì）：害，傷害。

115　**常**：固定不動。**成**：當作「周」，周遍。

116　**天府**：自然的府庫，形容涵容大道的心胸。

117　**葆光**：潛藏不露的光明。

118　**瞿鵲子、長梧子**：虛構的人物。

119　**夫子**：指孔子。

120　**不緣道**：無行道之跡；不拘泥於道。

有謂無謂[121]，而遊乎塵垢之外。夫子以為孟浪[122]之言，而我以為妙道之行也。吾子以為奚若？」

長梧子曰：「是黃帝之所聽熒[123]也，而丘也何足以知之！且女亦大早計[124]，見卵而求時夜[125]，見彈而求鴞炙[126]。予嘗為女妄言之，女以妄聽之。奚旁日月，挾宇宙，為其吻合，置其滑涽，以隸相尊[127]？眾人役役，聖人愚芚，參萬歲而一成純[128]。萬物盡然，而以是相蘊[129]。予惡乎知說生[130]之非惑邪！予惡乎知惡死之非弱喪[131]而不知歸者邪！麗之姬[132]，艾封人[133]之子也。晉國之始得之也，涕泣沾襟。及其至於王所，與王同筐床，食芻豢，而後悔其泣也。予惡乎知夫死者不悔其始之蘄生乎？夢飲酒者，旦

121　**無謂有謂，有謂無謂**：無言如同有言，有言如同無言，沒有說話卻好像說了，說了話卻好像沒有說。

122　**孟浪**：不着邊際，不切實際。

123　**聽熒**：疑惑不明的樣子。

124　**女**：通「汝」。大，即「太」。

125　**時夜**：司夜之雞。時（粵 si1 思　普 sī）：通「司」。

126　**鴞炙**：烤吃鴞鳥。鴞（粵 hiu1 囂　普 xiāo）。

127　**為其吻合，置其滑涽，以隸相尊**：和宇宙萬物合為一體，任其紛亂之不顧，把世俗上尊卑看作是一樣的。為：與。其：指宇宙萬物。置：任。滑涽：滑亂昏暗。涽（粵 fan1 婚　普 hūn）。

128　**參萬歲而一成純**：糅合古今無數變異而成一精純之體。參：糅合，調和。萬歲：指古今無數變異。

129　**相蘊**：指互相蘊含於精純渾樸之中。

130　**說生**：喜歡活着。說（粵 jyut6 月　普 yuè）：通「悅」。

131　**弱喪**：自幼流落。

132　**麗之姬**：即麗姬，晉獻公的夫人。

133　**艾封人**：艾地守封疆的人。

而哭泣；夢哭泣者，旦而田獵。方其夢也，不知其夢也。夢之中又占其夢焉，覺而後知其夢也。且有大覺[134]而後知此其大夢也。而愚者自以為覺，竊竊然[135]知之。君乎！牧乎！固哉丘也！[136]與女皆夢也！予謂女夢，亦夢也。是其言也，其名為弔詭[137]。萬世之後，而一遇大聖，知其解者，是旦暮[138]遇之也。

　　既使我與若[139]辯矣，若勝我，我不若勝，若果是也，我果非也邪？我勝若，若不吾勝，我果是也，而[140]果非也邪？其或是也，其或非也邪？其俱是也，其俱非也邪？我與若不能相知也，則人固受其黮闇[141]，吾誰使正之？使同乎若者正之，既與若同矣，惡能正之？使同乎我者正之，既同乎我矣，惡能正之？使異乎我與若者正之，既異乎我與若矣，惡能正之？使同乎我與若者正之，既同乎我與若矣，惡能正之？然則我與若與人俱不能相知也，而待彼也邪？」

　　「何謂和之以天倪[142]？」曰：「是不是，然不然。是若果是也，則是之異乎不是也亦無辯；然若果然也，則然

134　**大覺**：最清醒，徹底清醒。

135　**竊竊然**：明察自知的樣子。

136　**牧**：官員，臣子。**固**：固執。

137　**弔詭**：怪異。

138　**旦暮**：旦暮之間，比喻很短的時間，有偶然的意思。

139　**我與若**：我：長梧子自稱。若：你。

140　**而**：通「爾」，你。

141　**黮闇**：暗昧不明，所見偏蔽。黮（粵 taam3 探　普 dǎn）。

142　**和之以天倪**：和，調和。天倪，自然的分際，自然的天平。

之異乎不然也亦無辯。化聲[143]之相待，若其不相待，和之以天倪，因之以曼衍[144]，所以窮年[145]也。忘年忘義[146]，振於無竟[147]，故寓諸無竟。」

罔兩[148]問景曰：「曩[149]子行，今子止；曩子坐，今子起。何其無特操與？」

景曰：「吾有待[150]而然者邪？吾所待又有待而然者邪？吾待蛇蚹蜩翼[151]邪？惡識所以然？惡[152]識所以不然？」

昔者[153]莊周夢為胡蝶，栩栩[154]然胡蝶也。自喻適志[155]與，不知周也。俄然覺，則蘧蘧然[156]周也。不知周之夢為胡蝶與？胡蝶之夢為周與？周與胡蝶則必有分矣。此之謂物化[157]。

143　**化聲**：與是非糾纏在一起的聲音。

144　**曼衍**：悠然變化。

145　**窮年**：享盡天年。

146　**忘年忘義**：忘生死忘是非。

147　**振於無竟**：遨遊於無窮的境地。竟，即「境」。

148　**罔兩**：影外之陰。

149　**曩**（粵 nong5 攮　普 nǎng）：從前，剛才。

150　**有待**：有所依賴。

151　**待蛇蚹蜩翼**：蛇憑藉腹下鱗皮而爬行，蟬憑藉翼羽而起飛。

152　**惡**：怎麼。

153　**昔者**：夕者，夜間。

154　**栩栩**：形容蝴蝶輕快飛舞的樣子。栩（粵 heoi2 去　普 xǔ）。

155　**喻**：同「愉」，歡愉，高興。**適志**：快意。

156　**蘧蘧然**：忽然覺醒，驚慌的樣子。蘧（粵 keoi4 渠　普 qú）：忽然。

157　**物化**：萬物的轉化，指一種泯滅事物差別、渾然同化的和諧境界。

【賞析與點評】---

　　《齊物論》全篇由五個相對獨立的故事並列組成，故事與故事之間雖然沒有表示關聯的語句和段落，但內容上卻有一個「齊同萬物」的主題貫穿始終，而且在概括性和思想深度上逐步加深提高，呈現出一種似連非連、若斷若續、前後貫通、首尾呼應的精巧結構。清代詩人屈復在評述《齊物論》的巧妙構思、行文技法和莊子的文學才華時指出：「通篇大勢，前半順提，中間總鎖，後半倒應，千變萬化，一線穿來，如常山之蛇，擊首尾應，擊中則首尾皆應也。」

　　末段「莊周夢蝶」是人們耳熟能詳的寓言故事。莊子在亦真亦幻中「自喻適志」「不知周」，忘記了自己是莊周，寫出了審美主體在人生活動中顯現出無比適意的審美情趣。莊子以人化蝴蝶為喻，將現實人生點化為「藝術人生」。美乃人間不滅的光輝，這也正是詩意的莊子在萬物齊一的觀念下，夢醒後化作悠遊自在的蝴蝶而非他物的最終緣由。

　　從《齊物論》中，我們可以得到許多有益的啟示：「物無非彼，物無非是」「彼出於是，是亦因彼」，提醒人們，矛盾雙方都是對立統一的，看人看事都應注意換位思考，避免固執己見。「方生方死，方死方生」「是亦彼也，彼亦是也。彼亦一是非，此亦一是非」，生死、是非等都是相對的、互相轉化的，本無絕對的區別，這是中國古人避免看問題絕對化的精闢見解。「其分也，成也；其成也，毀也。凡物無成與毀」，通過成與毀的相對存在、互相轉化，進一步提醒人們大可不必計較一時的成敗得失。「大道不稱，大辯不言」「道昭而不道，言辯而不及」，更是揭示了物極必反、過猶不及的人生哲理，充滿了辯證色彩，值得玩味、思考。

　　「齊萬物」「齊是非」是《齊物論》的主旨，在莊子看來，相同、齊一才是事物的本質，也只有取消彼此的對立，任其自然，才是唯一的大道。這種萬物歸一的論說，自有其可取之處，在分析問題的時候要學懂先抓住問題的核心，解決主要矛盾，以不變應萬變。但又需注意，不能把任何事情都大而化之，簡單歸為一談，用無是非、無對錯、無可無不可的詭辯言論為自己的懶惰思想和不負責任的行為進行辯解、提供支援。

【語譯】--

　　南郭子綦靠着几案靜坐，仰着頭緩緩地呼吸，好像遺忘了自己的形體一樣。顏成子游站在他的面前侍奉着，問道：「這是甚麼緣故呢？難道人的形體本來可以使它如同枯木，而心靈本來可以使它寂靜得如同死灰嗎？今天您的靜坐，和往日的靜坐大不相同啊。」

　　子綦說：「偃，你的提問，不是很好嘛！今天我把我丟掉了，你知道這一點嗎？你或許聽說過人籟，但不一定聽說過地籟，你或許聽說過地籟，肯定沒有聽說過天籟吧。」

　　子游說：「請問其中的道理。」

　　子綦說：「大地呼出的氣，人們稱做風。這風不發作就罷了，一旦發作就會萬竅怒吼。你就沒有聽過長風呼呼的聲音嗎？那山林中險峻盤旋的地方，還有百圍大樹的洞穴，形狀有似鼻子的，有似嘴巴的，有似耳朵的，有似樑上方孔的，有似牛欄豬圈的，有似舂臼的，有似池沼的，有似泥坑的。那發出的聲音，有的像水流聲，有

的像射箭聲，有的像斥罵聲，有的像吸氣聲，有的像喊叫聲，有的像嚎哭聲，有的像幽怨聲，有的像哀歎聲。前面的風鳴鳴地唱着，後面的風就呼呼地和着，微風就小聲地應和着，大風就大聲地應和著，當暴風過後，所有的竅穴就虛寂無聲了。你沒有見過風吹樹林時，那搖曳擺動的枝條嗎？」

子游說：「地籟是各種孔洞發出的聲音，人籟則是竹簫之類發出的聲音，請問天籟是甚麼呢？」

子綦說：「所謂天籟，也就是風吹萬種孔洞發出各種不同的聲音，這些千差萬別的聲音是由於自己自然的形態體質所造成的。既然各種不同的聲音都是自身決定的，那麼鼓動它們發聲的還有誰呢？」

大智的人廣博，小智的人偏狹；高談闊論的人盛氣凌人，具體而論的人爭辯不休。他們睡覺時魂魄也不安寧，等睡醒後身疲氣散。他們整天與外界交涉糾纏，日復一日勾心鬥角。有的散漫不經，有的藏奸不露，有的謹慎精細。小怕時惴惴不安，大怕時驚魂失魄。他們有時發言就像放出的利箭，窺伺到別人的是非來攻擊；他們有時片語不吐就像發過誓約一樣，不過是等待制勝的機會；他們正在衰竭着，猶如秋冬的蕭條，這是說他們一天天地走向消亡；他們沉溺於辯論的作為中，不可能使他們再恢復本然之性；他們心靈閉塞，如同被繩索束縛，這說明他們已如廢舊的溝洫，源頭之水已經枯竭了；走向死亡的心靈，再也沒有辦法使他們恢復生機了。他們時而欣喜，時而憤怒，時而悲哀，時而快樂；有時多慮，有時感歎，有時後悔，有時恐懼；有的輕浮，有的放縱，有的張狂，有的作態；就像音樂從虛空的東西裏發出來的一樣，又像菌類被地氣蒸發出來一

樣。這種種情緒和心態日夜變化着，時不時更替出現，但卻不知是從哪裏萌生的。算了吧，算了吧！一旦得知這些情態從哪裏產生，也就明白這些情態所以產生的根由了！

沒有那些情態就沒有我自己，沒有我自己，那些情態也就無從顯現。這樣的認識也算接近於道了，但不知是誰主使的。好像有個真宰主使這種關係，然而卻看不到它的端倪。我們可以從它的行為結果上得到驗證，雖然看不見它的形體，但它是真實存在而本無形跡的。

百骸、九竅和六臟，都完備地存在我的身上，我究竟和哪一部分最親近呢？你都喜歡它們嗎？還是有所偏愛呢？如果是同樣喜歡它們，都把它們視為臣妾嗎？把它們都當做臣妾，它們之間就不能由哪一個來統治嗎？還是輪換着做君臣呢？或許有「真君」來主宰呢！無論能否獲得「真君」的真實情況，這都不可能減損或增益它的本然真性。

世人一旦稟承天地之氣形成身體，雖然不至於馬上死亡，卻也不能記得自身，等待天年終盡。人們與外物相互傷害，相互磨擦，在死亡的道路上奔馳着而無法止步，這不是很可悲嗎？終生奔忙勞碌卻不見成功，疲憊困頓卻不知前途，這不是很可哀嘛！這樣的人就算不死，又有甚麼益處！人的形骸不斷地衰竭老化，人的精神也隨着消亡，這難道不是最大的悲哀嗎？人的一生，本來就如此昏昧嗎？還是只有我一個人昏昧，而別人也有不昏昧的呢？

如果依據個人的成見作為判斷事物的標準，那麼有誰沒有這個標準呢？又何必一定要懂得事物發展變化之理的智人才有呢？愚人

也同樣會有的！如果說心中尚無成見時就已經先有了是非，那就好像今天去越國而昨天就到了一樣可笑。這種說法是把沒有當做有。如果把沒有的當做有的，就是神明的大禹尚且搞不清，我又有甚麼辦法呢！

言論並不像風吹洞穴而發聲那樣出於自然。說話的人各持一家的言詞，他們所說的話並不能確定為是非的依據。他們果真有自己的言論嗎？還是不曾有過自己的言論呢？他們都認為自己的言論有異於剛破殼而出的小鳥的鳴聲，這其中有區別嗎？還是根本沒有區別呢？

大道為甚麼隱晦不明而有真偽呢？至言為甚麼隱晦不明而有是非呢？大道本是無處不在的，為甚麼往而不存呢？至言本是無處不可的，為甚麼存而不可呢？大道被一孔之見隱蔽了，至言被浮華之詞隱蔽了。所以產生了像儒家墨家之類的是非爭辯，他們各以對方所否定的為是，各以對方所肯定的為非。如果肯定對方所否定的而否定對方所肯定的，則不如以空明的心境去觀照事物的本源。

萬事萬物沒有不是彼方的，萬事萬物也沒有不是此方的。從彼方來觀察此方就看不見此方的實際，從此方來了解自己就知道了。所以說，事物的彼方是由對立的此方而產生的，事物的此方也因對立的彼方而存在，彼與此的概念是一併產生一併存在的。雖然如此，萬事萬物都是隨着生就隨着滅，隨着滅就隨着生；剛認為可以時而不可以的念頭已經萌生，剛認為不可以時而可以的念頭已經萌生；有因而認為是的就有因而認為非，有因而認為非的就有因而認為是，是與非皆因對方的相互依存關係而產生。所以聖人不走這條是非分辨的路子，而是用天道去觀照事物的本然，也就是順應事物

的自然發展。此也就是彼，彼也就是此。彼有彼的是非，此有此的是非，果真有彼與此的分別嗎？果真沒有彼與此的分別嗎？如果超脫了彼與此、是與非的對立關係，就叫掌握了大道的樞要。掌握了大道的樞要，就好比開始進入圓環之上，可以應對無窮的變化。用是非的觀點分別事物，是的變化無窮盡，非的變化也是無窮盡。所以說，不如以空明的心境去觀照事物的本源。

萬物有分必有成，有成必有毀。所以從總體上說，萬物根本就不存在所謂的完成和毀滅，始終是渾然一體的。只有通達之人才可能懂得萬物渾然相通的道理，為此他們不用固執常人的成見，而寄託在萬物的各自功用上。這就是隨順事物的自然罷了。隨順自然而不知所以然，這就叫做「道」。辯者們竭盡心力去追求一致，卻不知道萬物本來就是混同的，這就是所謂的「朝三」。甚麼叫做「朝三」呢？有一個養猴的老人，他給猴子們分橡子，說：「早晨三升，晚上四升。」眾猴子聽了很生氣。老人改口說：「那麼就早晨四升而晚上三升吧。」眾猴子聽了都高興起來。橡子的名稱和實際數量都不曾增損，而猴子們的喜怒卻因而不同，這裏養猴老人不過是順從猴子們的主觀感受罷了。所以聖人混同於是是非非，而任憑自然均衡，這就是物我並行，各得其所。

古時候那些得道的人，他們的智慧達到了極高的境界。是怎樣的極高境界呢？他們的視野追究到了宇宙的本初，認識到原始本無萬物的存在，這種認識可謂深刻透徹極了，達到最高境界，無以復加了！在認識上稍差一等的人，他們認為萬物是現實存在的，探究它卻並不嚴加區別界定。再次一等的人，認為事物有了分別界限，但並不計較是非。是非觀念的顯現，大道也就有了虧損。大道的虧損，這是由於個人的偏好所造成的。天下的萬事萬物，果真有所謂

的成就和虧損嗎？還是果真沒有所謂的成就和虧損呢？有成就和虧損，好比昭文的彈琴；沒有成就和虧損，好比昭文的不彈琴。昭文的彈琴，師曠的擊樂，惠子的倚樹爭辯，他們三個人的技藝智慧，都稱得上最高超的了，所以他們一直從業到晚年。這三個人自以為自己的所好不同於別人，便想用自己的所好去教誨明示他人。惠子並非真正明道，而卻用自以為的明理去明示他人，所以陷於「堅白同異」的偏蔽昏昧中，終身不拔。而昭文之子又終身從事昭文彈琴的事業，以致終生沒有甚麼成就。如果像這個情況可以算做成就的話，那麼像我這樣的人也應算為有成就的。如果這樣子不能算有成就的話，那麼外物與我都無所成就。所以對於迷亂世人的炫耀，聖人總是要摒棄的。所以聖人不用個人的一孔之見、一技之長誇示於人，而寄託在事物自身的功用上，這就叫做「以明」。

大道原本沒有人為的界限，至言原本沒有固定的框框，只是為了爭得一個「是」字而妄加了許多界限。請讓我說說這界限吧。如劃分了左與右，次序與等級，分別與辯論，競言與爭鋒，這就是世俗所謂的八種才能。其實，天地四方之外的事，聖人是隨它存在而不加談論；天地四方之內的事，聖人只是談論它而不加評論；對於古史中先王治理世事的記載，聖人只是評論它而不去辯解。所以天下的事理，有去分別的，就有不去分別的；有去辯論的，就有不去辯論的。這是為甚麼呢？聖人不爭不辯，胸懷若谷，而眾人卻熱衷於爭辯，以此誇耀於世間。所以說：辯論的存在，必有眼界看不到的地方。

大道是不可稱謂的，大辯是不用言語的，大仁者是不自言自己仁慈的，大廉者是不自言自己廉潔的，大勇者是從不傷害人的。道一旦說得明明白白也就不是大道了，言語再辨析周詳也有所不及，

仁愛經常普及也就不能保全了，過於廉潔人家也就不信了，勇敢達到傷人的地步也就不是真正的勇敢了。這五個方面遵行不棄那就差不多接近於大道了！所以說，一個人的智慧能夠止於所不知的境地，這就是極點了。誰知道不用言辭的辯論、不用稱說的大道呢？如果有人能夠知道，他就可以稱為天然的府庫了。在這裏無論注入多少也不會滿溢，無論索取多少也不會枯竭，人們不知道它的源頭在哪裏，這就叫做潛藏不露的光明。

瞿鵲子問於長梧子，說道：「我從孔夫子那裏聽說過，有人說聖人不去從事世俗的工作，不貪圖利益，不去躲避災害，不喜歡妄求，不經意去符合大道，無言如同有言，有言如同無言，而心神遨遊於塵世之外。孔夫子認為這些話都是不着邊際的無稽之談，而我卻認為這正是大道的體現。先生你是怎麼看的？」

長梧子說：「這些話連黃帝聽了都要疑惑，何況孔丘呢？他怎麼能夠理解呢！而且你也操之過早過急，就像剛見到雞蛋就去追求司晨的公雞，剛見到彈丸就想吃到烤熟的鴞鳥。現在我姑且試着說說，你也姑且聽聽。為甚麼不依傍着日月，懷抱着宇宙，與萬物混合為一體，任其是非淆亂不聞不問，而把世俗上的尊卑貴賤一律等同看待呢？眾人忙忙碌碌，聖人渾渾沌沌，他調和古今萬事萬物而成為一團純樸。萬物都是如此，互相蘊含着歸於渾樸之中。我怎麼知道喜歡活着就不是一種迷惑呢！我怎麼知道討厭死亡就不是像自幼流落他鄉而不知回家那樣呢！」

「麗姬是艾地守封疆人的女兒。當晉國剛得到她的時候，她哭得衣服都濕了。等她到了晉獻公的王宮裏，與君王睡在安適的床上，吃着美味的肉食，這才後悔當初的哭泣。我怎麼知道死去的人不會

後悔當初的求生呢？夢中飲酒作樂的人，早晨醒後或許遇到禍事而哭泣；夢中傷心哭泣的人，早晨醒後或許高興地去打獵。當人在夢中，並不知道自己在做夢。有時候在夢中還在做着另一個夢，等覺醒後才知一切都是夢。只有徹底覺醒了的聖人，而後才會知道人生猶如一場大夢。而愚昧的人自以為自己清醒，一副明察秋毫的樣子，似乎甚麼都知道，動不動就『君呀』『臣呀』的呼叫。孔丘真是固執淺陋極了！他與你都在夢中啊！我說你在做夢，其實我也在夢中了。我說的這番話，可以稱之為奇談怪論。也許萬世之後，有幸遇到一位大聖人，他能了悟這個道理，也如同在旦暮之間相遇了。」

「假如我和你辯論，你勝了我，我沒有勝你，你果然就對嗎？我果然就錯了嗎？假如我勝了你，你沒有勝我，我果然就對嗎？你果然就錯了嗎？這其中是有一個人對，有一個人錯呢？還是我們兩個人都對，或者都錯了呢？我和你都無法知道，而別人原本就暗昧不明，我們找誰來判定是非呢？如果讓觀點和你相同的人來評定，既然他已經和你相同了，怎麼能來評定呢？假使請觀點和我相同的人來評定，既然他已經和我相同了，怎麼能來評定呢？如果讓觀點和你我都不相同的人來評定，既然他已經跟你我都不相同了，怎麼能來評定呢？假使請觀點跟你我都相同的人來評定，既然他已經跟你我都相同了，怎麼能來評定呢？那麼你我和他人都無從知道誰是誰非了，恐怕只有等待造化了吧。」

「甚麼叫用自然的天平來調和萬事萬物呢？」

長梧子說：「是便是不是，然便是不然，『是』假如真的是『是』，那麼就和『不是』有了區別，這樣也就不用辯論了。『然』假如真的是『然』，那麼就和『不然』有了區別，這樣也就不用辯論了。是是

非非變來變去的聲音是相對立而存在的，如果要使它們不相對立，就要用自然的天平去調和，任其自在的發展變化，如此便可以享盡天年。忘掉歲月與理義，遨遊於無物的境界，這樣也就能夠託身於無是無非、無窮無盡的天地了。」

罔兩問影子說：「剛才你還在行走，現在你又停止不動了；剛才你還坐着，現在又站了起來。你怎麼這樣沒有獨立的意志呢？」

影子回答說：「我因為有所依賴才這樣的吧？我所依賴的東西又有所依賴才這樣的吧？我所依賴的東西就像蛇依賴腹下的鱗皮、蟬依賴於翅膀一樣吧？我怎麼知道會這樣？怎麼知道為甚麼不會這樣呢？」

夜裏莊周夢見自己變成了蝴蝶，蝴蝶輕快飛舞。他自我感覺非常快意，竟然忘記莊周是誰。突然醒來，自己分明是僵臥床上的莊周。不知道是莊周做夢化為了蝴蝶，還是蝴蝶做夢化為了莊周？莊周與蝴蝶必定是有所分別的。這種現象就叫做物化。

【想一想】--

（1）想想自己對某人某事有無抱有成見，又如何破除這些成見？

（2）談談對「朝三暮四」這個成語的理解。

【強化訓練】--

一、將以下文字翻譯為白話文：

(1) 大知閑閑，小知閒閒；大言炎炎，小言詹詹。

_____

_____

_____

(2) 夫隨其成心而師之，誰獨且無師乎？奚必知代而心自取者有之？

_____

_____

_____

(3) 狙公賦芧，曰：「朝三而暮四。」眾狙皆怒。曰：「然則朝四而暮三。」眾狙皆悅。名實未虧，而喜怒為用，亦因是也。

_____

_____

_____

(4) 唯其好之也，以異於彼；其好之也，欲以明之。

_____

_____

_____

(5) 吾聞諸夫子，聖人不從事於務，不就利，不違害，不喜求，不緣道，無謂有謂，有謂無謂，而遊乎塵垢之外。

_____

_____

_____

(6) 昔者莊周夢為胡蝶，栩栩然胡蝶也，自喻適志與，不知周也。俄然覺，則蘧蘧然周也。不知周之夢為胡蝶與？胡蝶之夢為周與？

_____

_____

_____

二、解釋以下詞句中畫線字詞的意思：

(1) 嗒焉似喪其耦 _____

(2) 終身役役而不見其成功。_____

(3) 夫大道不稱，大辯不言，大仁不仁，不廉不嗛，不勇不忮。

_____

三、本文中包含了許多成語，請閱讀原文，簡單解釋以下成語的意義：

槁木死灰：_____

朝三暮四：_____

莊周夢蝶：_____

天籟之音：_____

內篇選讀

養生主

‖ 養生主（節選）‖

《養生主》是一篇談養生的文章，談養生的要領、養生的宗旨。而莊子所謂的「養生」，主要的不是養形，而是養神，是要告訴人們一種使心靈享受自由快樂的方法。「養生主」之「主」，指的是精神。

全篇分為三節，第一節是全篇的總綱，指出在人生有涯而知識無涯的情況下，應當遵循中正自然之道，順遂自然之理；第二節以庖丁解牛的故事喻養生之道、處世之理，強調為人處世要「依乎天理」（按照自然的條理）、「因其固然」（尊重本來的結構），從而做到遊刃有餘；第三節進一步闡述聽憑天命、順應自然、「安時而處順」的生活態度。這裏節選的是文章的第一、二節。

從本篇可以學到的成語有「庖丁解牛」「目無全牛」「遊刃有餘」「躊躇滿志」「薪盡火傳」等。

【原文】--

吾生也有涯[1]，而知[2]也無涯，以有涯隨無涯，殆已[3]！已而為知者[4]，殆而已矣！為善無近名，為惡無近刑[5]，緣督以為經[6]，可以保身，可以全生，可以養親[7]，可以盡年。

庖丁[8]為文惠君[9]解牛，手之所觸，肩之所倚，足之所履，膝之所踦[10]，砉然響然[11]，奏刀騞然[12]，莫不中音，合於《桑林》之舞，乃中《經首》之會[13]。

文惠君曰：「嘻，善哉！技蓋至此乎？」

庖丁釋[14]刀對曰：「臣之所好者道也，進[15]乎技矣。始臣之解牛之時，所見無非全牛者；三年之後，未嘗見全

1　涯：邊際，界限。

2　知：知識，才智。

3　殆已：疲困不堪。

4　已而為知者：既然這樣了還要去從事求知活動。

5　為善無近名，為惡無近刑：做善事不求名聲，做惡事不受刑戮。

6　緣督以為經：順應自然的中虛之道以為常法。**緣**：循，順應。**督**：督脈，人的脊骨。

7　養親：一說「親」指「真君」，養親即養精神；一說親即血緣之親。

8　庖丁：一位名字叫丁的廚師。

9　文惠君：舊注說是梁惠王。

10　踦（粵 ji2 普 yǐ）：通「倚」。

11　砉然響然：形容解牛時發出的聲音。砉（粵 waak6 或 普 huā）。

12　騞然：形容刀砍物所發出的聲音，聲音大於「砉」。騞（粵 waak6 或 普 huō）。

13　《桑林》：殷湯樂名。《經首》：堯樂名。**會**：節奏，旋律。

14　釋：放下。

15　進：超越。

牛也；方今之時，臣以神遇¹⁶而不以目視，官知止而神欲行¹⁷。依乎天理¹⁸，批大郤¹⁹，導大窾²⁰，因其固然²¹。枝經肯綮²²之未嘗，而況大軱²³乎！良庖歲更刀，割也；族庖²⁴月更刀，折也。今臣之刀十九年矣，所解數千牛矣，而刀刃若新發於硎²⁵。彼節者有間而刀刃者無厚，以無厚入有間，恢恢乎其於遊刃必有餘地矣。是以十九年而刀刃若新發於硎。雖然，每至於族²⁶，吾見其難為，怵（chù）然為戒，視為止，行為遲，動刀甚微，謋²⁷然已解，如土委地。提刀而立，為之四顧，為之躊躇滿志，善刀²⁸而藏之。」

文惠君曰：「善哉！吾聞庖丁之言，得養生焉。」

16　遇：接觸。

17　官知止而神欲行：感官的認知作用停止了，只是運用心神。官：指耳目之官。神欲行：心神自運而隨心所欲。

18　天理：天然的紋理。

19　批：擊。郤（粵 gwik1 隙　普 xì）：指筋骨間的縫隙。

20　導：引刀而入。窾（粵 fun2 款　普 kuǎn）：空，指骨節空處。

21　因其固然：順着牛的自然結構。

22　枝：枝脈。經：經脈。肯：指骨肉。綮（粵 hing3 興　普 qìng）：筋肉盤結處。

23　軱（粵 gu1 家　普 gū）：大骨。

24　族庖：指一般的廚師。

25　硎（粵 jing4 型　普 xíng）：磨刀石。

26　族：交錯聚結。

27　謋（粵 waak6 或　普 huò）：解散。

28　善刀：拭刀，將刀擦拭乾淨。

文章開篇提出人生有涯、知識無涯，人的認識有限，主張順乎自然、適可而止，主張「緣督以為經」，遵從中正虛靜之道，達到「全生」（保全天性）、「養親」（養精蓄銳）、終享天年的目的。在戰亂頻發、矛盾叢生的時代，莊子不時流露出消極避世、明哲保身的隱者心態，可以理解。但我們應當看到的是，歷史上和現實中，總有更多的人是把有限的生命投入到了無限的知識學習和有益的事業當中，表現出積極的人生態度——生命既然有限，就應更加珍惜，多做有價值有意義的事情。

「庖丁解牛」是人們耳熟能詳的寓言故事。從宰牛之方喻養生之理，由養生之理喻處世之道。通過這則故事，莊子告訴人們，世間的各種事物，看起來紛繁複雜，但都有一定的內在規律，只要反覆實踐，掌握規律，循乎天理，順其自然，處理起來就能得心應手，遊刃有餘。引申至養生之道，可令人明白，人生在世，只要順應自然規律，不去肆意妄為，就可避免為外物所傷，就可得享天年。

庖丁解牛的寓言尤為引人注意的，是它由技入道所蘊含的哲學和藝術的深意。庖丁的技藝能達到如此神奇的地步，是因為他不間斷地操練工夫，在長期實踐累積的經驗中，越來越體認到其中的奧妙——掌握到牛的身體結構、筋絡的理路、骨節間的空穴。依着自然的紋理（「依乎天理」），順着本然的結構（「因其固然」），即可「遊刃有餘」地進行運刀動作。在由技入道的過程中，主體的身體運作與心神投入是最為關鍵的因素。學藝時日越久則技能越專精，關鍵在持之有恆（「有守」）。莊子的創作運思充滿了想像力和美感。在類似的寓言作品中，「庖丁解牛」的構想尤為出奇。宰牛原本是一項勞動強度很大，極其艱辛的苦役，莊子筆下卻「恢恢乎其於遊刃必有餘地」，洋溢着審美趣味。解牛告成，庖丁「提刀而立，為之四

顧，為之躊躇滿志」，淋漓盡致地描繪出藝術創作者審美享受的陶然心境。宋代的蘇東坡讀了庖丁解牛的故事，體悟到藝術創作和經驗累積的關係，從而說出了以下富有哲理的話：「出新意於法度之中，寄妙理於豪放之外，所謂『遊刃有餘地』『運斤成風』也。」

【語譯】

　　我們的生命是有限的，而知識是無窮的，以有限的生命去追求無窮的知識，就會陷入困頓之中！既然已經困頓不堪，還要從事求知的活動，那就更加危險了！做了善事不圖名聲，做了壞事不遭刑害，像氣循任、督二脈周流不息一樣，遵循中正自然之路，就可以保護身體，可以保全生命，可以養護精神，可以享盡天年。

　　庖丁為文惠君宰牛，手抓肩頂，腳踩膝抵，各種動作無不精確利索。此時牛體被肢解發出嘩啦嘩啦的或重或輕的響聲，庖丁進刀發出的陣陣唰唰聲，都無不符合音樂的節奏，合乎《桑林》舞曲的節拍，同於《經首》樂章的韻律。

　　文惠君說：「啊，太好了！你的技術怎麼會達到這般的地步？」

　　庖丁放下刀，回答說：「我所愛好的是道，已經超過技術了。我剛開始從事宰牛時，眼前所見無非是一個完整的牛；三年之後，就再也不去觀看整牛了。到了現在，我再宰牛時，全憑心神去運作，而不需用眼睛來觀察，感官的認知作用早已停止了，而只是心神的活動罷了。依據牛體的天然紋理劈開筋骨間空隙，把刀引入骨節之間的空隙，完全是順着牛體的自然結構來操作。像那些經絡交錯、筋骨盤結的地方都不曾有甚麼妨礙，何況對付大骨頭呢！好的廚師

一年換一把刀，他們是用刀割肉；普通的廚師一個月換一把刀，他們是用刀砍骨頭。如今我的這把刀已經用了十九年了，宰牛的數量也有幾千頭了，而刀口還像是剛從磨刀石磨過的一樣鋒利。因為那牛骨節是有間隙的，而這刀刃卻薄得猶如沒有厚度，用沒有厚度的刀刃切入有間隙的骨節，這其中寬寬綽綽的，當然會遊刃有餘了。所以這把刀子用了十九年還是像新磨的一樣。儘管這樣，每次碰到筋骨聚集的地方，我知道其中的難度，便小心警惕，眼神專注，動作緩慢，操刀輕微，『嘩啦』一聲，牛體已解，如同泥土散落一地。此時我提刀站立，環顧四周，悠然自得，心滿意足，把刀子揩淨收好。」

文惠君說：「好啊！我聽了庖丁的這番話，懂得養生的道理了。」

【想一想】

（1）怎麼看待「生有涯，知無涯」？

（2）從「庖丁解牛」的寓言故事中，你能學懂甚麼樣的道理？

【強化訓練】

一、將以下文字翻譯為白話文：

(1) 吾生也有涯，而知也無涯，以有涯隨無涯，殆已！已而為知者，殆而已矣！

_____

_____

(2) 庖丁為文惠君解牛，手之所觸，肩之所倚，足之所履，膝之所踦，砉然響然，奏刀騞然，莫不中音，合於《桑林》之舞，乃中《經首》之會。

_____

_____

(3) 臣之所好者道也，進乎技矣。

_____

_____

(4) 彼節者有間而刀刃者無厚，以無厚入有間，恢恢乎其於遊刃必有餘地矣。

_____

_____

(5) 提刀而立，為之四顧，為之躊躇滿志，善刀而藏之。

_____

_____

二、解釋一下文句中畫線的字詞：

(1) 已而為知者，殆而已矣。_____

(2) 緣督以為經，可以保身，可以全生，可以養親，可以盡年。

_____

(3) 庖丁為文惠君解牛，手之所觸，肩之所倚，足之所履，膝之所踦，砉然響然，奏刀騞然，莫不中音。

_____

(4) 方今之時，臣以神遇而不以目視，官知止而神欲行。

_____

(5) 依乎天理，批大郤，導大窾，因其固然；技經肯綮之未嘗，而況大軱乎！

_____

人間世

‖ 人間世（節選）‖

【題解】

　　《人間世》主旨在闡述身處亂世中的處人與自處之道，明末清初
思想家王夫之認為此篇所講乃「涉亂世以自全而全人之妙術」。文章
通過「顏回見仲尼」「葉公子高問仲尼」「顏闔問蘧伯玉」等七個故
事，從不同角度，生動地闡明了一個道理：要想避害，要想保全自
身，就必須摒棄名利之心，虛己順物，使心境達到空明的境地；要
明白到不材方為大材、無用方為大用。

　　在故事中，莊子先說明處世之難、不可不慎，然後闡述如何應
對艱難世事。他首先提出「心齋」之法，即努力達到空明的虛境，達
到無己忘我的境界，「虛而待物」，以虛明無形之體容納萬事萬物。
又以樹木不成材卻能終享天年、支離疏形體不全卻避除許多災禍為
例，反覆闡述「無用」之為有用的見解。這與《逍遙遊》篇末欲避「機
辟」「斤斧」之害，而求「無所可用」，具有相同的「困苦」處境與
沉痛感。清人宣穎指出：「此篇要旨，總不外《逍遙遊》『無己』妙義，
故曰看透第一篇『無己』二字，一部《莊子》盡矣，此篇尤其著者。」

　　這裏選取「顏闔問蘧伯玉」「匠石之齊」「孔子適楚」等五個故
事，加以注譯和解讀。從本篇可以學到的成語有「螳臂當車」「吉祥
止止」「虛室生白」「巧言偏辭」「畫地而趨」「無用之用」「山木自寇」
「膏火自煎」等。

【原文】

　　顏闔[1] 將傅衛靈公太子，而問於蘧伯玉[2] 曰：「有人於此，其德天殺[3]。與之為無方，則危吾國；與之為有方，則危吾身。其知適足以知人之過，而不知其所以過。若然者，吾奈之何？」

　　蘧伯玉曰：「善哉問乎！戒之，慎之，正女身也哉！形莫若就，心莫若和[4]。雖然，之二者有患。就不欲入，和不欲出[5]。形就而入，且為顛為滅，為崩為蹶；心和而出，且為聲為名，為妖為孽[6]。彼且為嬰兒，亦與之為嬰兒；彼且為無町畦[7]，亦與之為無町畦；彼且為無崖，亦與之為無崖[8]；達之，入於無疵。」

　　「汝不知夫螳螂乎？怒其臂以當車轍，不知其不勝任也，是其才之美者也。戒之，慎之，積伐而美者以犯之[9]，幾[10] 矣！汝不知夫養虎者乎？不敢以生物與之，為其殺

1　**顏闔**：魯國的一位賢人。

2　**蘧伯玉**：衛國的賢大夫。

3　**其德天殺**：天性刻薄，天資劣薄。

4　**形莫若就，心莫若和**：外貌不如表現親近一些，內心不如存着誘導之意。就：隨順，親近。和：調和，調劑。

5　**就不欲入，和不欲出**：親附他不要太過度，誘導之意不要太明顯。入：輕易苟同。出：過於顯露自己的能耐。

6　**為妖為孽**：謂招致災禍。孽：災。

7　**町畦**：田界，界限。町（粵 ting5 挺　普 tǐng），畦（粵 kwai4 攜　普 qí）。

8　**無崖**：無拘束。

9　**積**：屢，經常。**伐**：誇耀。**而**：你。

10　**幾**：危殆。

之 [11] 之怒也；不敢以全物與之，為其決之之怒也。時其飢飽，達其怒心。虎之與人異類，而媚養己者，順也；故其殺者，逆也。」

「夫愛馬者，以筐盛矢 [12]，以蜄盛溺。適有蚊虻僕緣 [13]，而拊之不時，則缺銜、毀首、碎胸 [14]。意有所至，而愛有所亡，可不慎邪！」

匠石之齊 [15]，至於曲轅，見櫟社樹 [16]。其大蔽數千牛，絜 [17] 之百圍，其高臨山十仞而後有枝 [18]，其可以為舟者旁 [19] 十數。觀者如市，匠伯 [20] 不顧，遂行不輟。弟子厭觀 [21] 之，走及匠石，曰：「自吾執斧斤以隨夫子，未嘗見材如此其美也。先生不肯視，行不輟，何邪？」曰：「已矣，勿言之矣！散木也。以為舟則沉，以為棺槨則速腐，以為器則速毀，以為門戶則液樠，以為柱則蠹，是不材之木也。無所可用，故能若是之壽。」

匠石歸，櫟社見夢曰：「女將惡乎比予哉？若將比予

11　殺之：搏殺，指傷人。

12　矢：通「屎」。

13　僕緣：附着。

14　缺銜、毀首、碎胸：指毀碎頭部的銜勒、胸部的絡轡等。

15　匠石：一個名叫石的木匠。之：往，到……去。

16　櫟社樹：把櫟（粵 lik1 瀝　普 lì) 樹當做神社。

17　絜（粵 kit3 揭　普 xié)：用繩子度量粗細。圍：圓周一尺。

18　其高臨山十仞而後有枝：樹身高達山頭，樹幹七八十尺以上才生枝。形容樹的高大。

19　旁：旁枝。

20　匠伯：指匠石。因匠石為工匠之長，故稱伯。

21　厭觀：飽看。

於文木邪？夫柤梨橘柚果蓏之屬[22]，實熟則剝，剝則辱[23]。大枝折，小枝泄[24]。此以其能苦其生者也。故不終其天年而中道夭，自掊擊於世俗者也。物莫不若是。且予求無所可用久矣！幾死，乃今得之，為予大用。使予也而有用，且得有此大也邪？且也，若與予也皆物也，奈何哉其相物也[25]？而幾死之散人，又惡知散木！」

匠石覺而診[26]其夢。弟子曰：「趣取[27]無用，則為社何邪？」曰：「密！若無言！彼亦直寄焉！以為不知己者詬厲也。不為社者，且幾有翦乎！且也，彼其所保與眾異，而以義喻之[28]，不亦遠乎？」

南伯子綦[29]遊乎商之丘[30]，見大木焉，有異，結駟千乘，將隱芘其所藾[31]。子綦曰：「此何木也哉！此必有異材夫！」仰而視其細枝，則拳曲而不可以為棟梁；俯而視其大根，則軸解[32]而不可以為棺槨；咶[33]其葉，則口爛而

22　**柤梨橘柚果蓏之屬**：果瓜之類。柤（粵 zaa1 抓　普 zhā）：即山楂；蓏（粵 lo2 裸　普 luǒ）：瓜類植物的果實。

23　**辱**：被扭折。

24　**泄**（粵 jai6 曳　普 yè）：牽引。

25　**奈何哉其相物也**：為甚麼還要拿我去類比文木呢？

26　**診**：通「畛」，告訴。

27　**趣取**：意在求取。

28　**以義喻之**：從常理來衡量它。

29　**南伯子綦**：即《齊物論》中的南郭子綦。

30　**商之丘**：即商丘，宋國都城，在今河南商丘。

31　**將隱**：通行本作「隱將」。**芘**：通「庇」，遮蔽。**藾**（粵 laai6 厲　普 lài）：蔭。

32　**軸解**：木心出現裂紋。

33　**咶**（粵 saai5 舐　普 shì）：舐。

為傷；嗅之，則使人狂酲³⁴三日而不已。子綦曰：「此果不材之木也，以至於此其大也。嗟乎，神人以此不材。」

宋有荊氏³⁵者，宜楸³⁶柏桑。其拱把³⁷而上者，求狙猴之杙³⁸者斬之；三圍四圍，求高名之麗者³⁹斬之；七圍八圍，貴人富商之家求樿傍⁴⁰者斬之。故未終其天年而中道之夭於斧斤，此材之患也。故解之以牛之白顙⁴¹者，與豚之亢鼻⁴²者，與人有痔病者，不可以適河⁴³。此皆巫祝以知之矣⁴⁴，所以為不祥也。此乃神人之所以為大祥也。

支離疏⁴⁵者，頤⁴⁶隱於臍，肩高於頂，會撮⁴⁷指天，五管⁴⁸在上，兩髀為脅⁴⁹。挫針治繲⁵⁰，足以餬口；鼓筴

34　酲（粵 cing4 成　普 chéng）：酒醉。

35　荊氏：地名，在宋國境內。

36　楸（粵 cau1 抽　普 qiū）：落葉喬木，木質堅密。

37　拱把：兩手相握稱「拱」，一手所握稱「把」。

38　杙（粵 jik6 易　普 yì）：栓。

39　高名之麗：高名之家，華麗高屋。

40　樿傍：由整塊板做成的棺材。樿（粵 sin6 單　普 shàn）：棺之全一邊者謂之樿。

41　解之：禳除，即祭神求福解罪。白顙：白顙即白色前額。因為牛頭非純色，所以不能與祭。顙（粵 song2 爽　普 sǎng）：額頭。

42　亢鼻：仰鼻，鼻孔上翻。

43　適河：把童男童女投入河中祭神。

44　巫祝：巫師。以：通「已」，已經。

45　支離疏：虛構的人物。

46　頤：面頰。

47　會撮：髮髻。

48　五管：五臟的穴位。一說「五官」。

49　髀（粵 bei2 比　普 bì）：股，膝以上的腿骨。脅：胸旁的肋骨。

50　挫針治繲：縫衣洗衣。繲（粵 faai3 快　普 jiè）。

播精[51]，足以食十人。上徵武士，則支離攘臂[52]而遊於其間；上有大役[53]，則支離以有常疾不受功；上與病者粟，則受三鍾[54]與十束薪。夫支離其形者，猶足以養其身，終其天年，又況支離其德[55]者乎！

孔子適[56]楚，楚狂接輿[57]遊其門曰：「鳳兮鳳兮，何如德之衰也？來世不可待，往世不可追也。天下有道，聖人成[58]焉；天下無道，聖人生[59]焉。方今之時，僅免刑焉！福輕乎羽，莫之知載；禍重乎地，莫之知避。已乎，已乎！臨人以德。殆乎，殆乎！畫地而趨。迷陽[60]迷陽，無傷吾行。卻曲卻曲[61]，無傷吾足。」

山木，自寇[62]也；膏火，自煎也。桂可食[63]，故伐之；漆可用，故割之。人皆知有用之用，而莫知無用之用也。

---

51 **鼓筴播精**：用簸箕揚棄米糠而得精米。

52 **攘臂**：揮臂，遨遊自在的樣子。

53 **役**：徭役。

54 **鍾**：六斛四斗為一鍾。古時官吏俸祿多以鍾計。

55 **支離其德**：忘德。

56 **適**：到……去。

57 **接輿**：楚國的一位隱士。

58 **成**：指成就事業。

59 **生**：求生，即保全生命。

60 **迷陽**：即荊棘。

61 **卻曲卻曲**：回護避就。卻曲：轉彎行走。

62 **自寇**：自招砍伐。

63 **桂可食**：桂樹的皮與肉氣味芳香，可供調味食用。

[賞析與點評]

　　生逢亂世，面對暴君，在迫不得已的情形下，莊子提出的「全身」之策，一是「慎」，二是「順」，但又要注意把握分寸、保持適當距離，「形莫若就」「就不欲入」（表面上親近依從，但不可關係太密），「心莫若和」「和不欲出」（內心順其秉性，但不可太過明顯），分寸把握不好，仍有災禍隱患。必須看到的是，莊子在強調順遂秉性、反對違逆以保全自身的同時，還在努力設法通過疏通、引導，讓統治者走上正道，「達之，入於無疵」。

　　讀《人間世》，當常悟「無用即大用」的道理。莊子認為，有用有為必有害、無用無為才有福，為了保全身心性命，人應該像「不材」的樹木那樣，默默無聞，不求聞達。表面看來，這是一種明哲保身的處世哲學，但不可簡單認為全是消極影響。身處亂世，確應首先設法保全自己，生存下來，否則一切都談不上，「今乃得之，為予大用」，至今還能活下來，這正是我的大用。世人「皆知有用之用，而莫知無用之用」，莊子對此深感遺憾。

　　「無用」之用決定了莊子「虛無」的人生態度，但也充滿了辯證法，它告訴人們，有用和無用是客觀的，但也是相對的，而且在特定環境裏還會出現轉化。從莊子富有哲理的闡述中，讀者當能明白，世俗認為有用的東西，往往因為自討傷害而難堪大用，而世俗認為無用的東西，卻因常人漠視而免遭損壞、最終發揮出更大的作用。

【語譯】--

　　顏闔將要去做衛靈公太子的師傅，便去請教蘧伯玉說：「現在有一個人，他的天性兇殘。如果不用法度去勸導他，勢必要危害國家；如果用法度去規勸他，勢必要危害到我自己。他的智力剛夠得上知道別人的過錯，卻不知別人為甚麼犯這樣的過錯。像這種情況，我該怎麼辦呢？」

　　蘧伯玉說：「你問得很好！要警惕啊，要謹慎啊，要端正你的行為！外表不如表現將就順從的樣子，內心不如抱着調劑的態度。雖然如此，這兩者仍免不了有災患。外表將就隨順他而不能過分陷入，內心調劑誘導他而不能有所顯露。外表過分將就順從他，難免招來墮落、毀滅、垮台和失敗；內心調劑誘導他太顯露，就會招致聲名之禍、妖孽之災。他如果像嬰兒那樣天真無知，你也姑且和他一樣像嬰兒那樣天真無知；他如果沒有界限的約束，你姑且也像他一樣沒有界限的約束；他如果放蕩無羈，你姑且也像他一樣放蕩無羈；這樣委婉地引導他，使他漸漸地達到無過失的境地。你不知道那螳螂嗎？奮力舉起雙臂去阻擋車輪，卻不知道自己的力量根本就不能勝任，這是因為牠把自己的才能看得太了不起的緣故。要警戒啊，要謹慎啊，經常誇耀自己的才能去觸犯他，這就危險了。你不知道那養虎的人嗎？他不敢拿活的小動物去餵養，因為怕牠在搏殺活物時引發牠兇殘的天性；也不敢把整個小動物丟給牠，因為怕牠在撕裂獵物過程中激起牠殘忍的天性。伺候着牠的飢飽來餵食，疏導牠的喜怒之情。虎與人不同類別，而虎卻喜歡餵養牠的人，這是因為人們隨順了虎的性子；虎所以傷害人，那都是人們違逆了虎的性情的緣故。有那愛馬的人，用精美的竹筐盛馬糞，用珍貴的大蛤殼接馬尿。一旦有蚊虻叮咬在馬身上，那愛馬的人如若拍打不及時，馬就會怒氣沖天，咬斷勒口，掙斷轡頭，損壞胸絡。本意在於愛馬而

結果卻適得其反，這難道不該不謹慎嗎？」

匠石前往齊國，到了曲轅，看見一棵為社神的櫟樹。這棵樹大到可以給幾千頭牛來遮蔭，用繩子一量足有一百多圍，樹身高出山頭八丈以上才長出枝條，其中可以造船的旁枝就有十來枝。觀看的人就像趕集一樣眾多，然而匠石不屑一顧，照樣往前走個不停。弟子們在樹邊飽看一番，這才趕上匠石，問道：「自從我們拿起斧頭跟隨先生以來，還沒有見過這麼好的木材。先生不肯看一眼，走個不停，這是為甚麼呢？」匠石說：「夠了，不要再說下去了！那是無用的散木。用它來造船，船就很快會沉沒；用它來做棺材，棺材很快會腐爛；用它來做器具，器具很快會毀壞；用它來做門戶，門戶就會滲出脂漿；用它來做柱子，柱子就會生出蛀蟲，這是一棵沒有任何材料價值的樹木。正是它沒有任何用處，所以才能有這麼長久的壽命。」

匠石回來後，社神櫟樹託夢說：「你要用甚麼來和我相比呢？你要用質地細密的樹和我相比嗎？那山楂樹、梨樹、橘樹、柚子樹以及瓜果之類，果實熟了就要遭受擊打，被擊打就落個扭折。大枝被折斷，小枝被扯下來。這都是由於它的才能害苦了自己的一生。所以不能享盡天年而中途夭折，這都是自己招來世俗人們的打擊。萬物莫不是這個道理。況且我尋求無所可用的境地已經很久了！幾乎遭到砍殺，到現在才幸而保全，這正是我的大用。假使我對人確實有用，我還能長得如此高大嗎？況且，你與我都是天地間的物，為甚麼你把我視為散木這東西呢？你這將要死的散人，又怎能了解這無用之用的散木呢！」

匠石醒後把夢告訴了弟子。弟子說：「它的志趣既然是尋求無

用，為甚麼還要充當社樹呢？」匠石說：「閉嘴！你不要再說了。它只是特意藉社神寄託形體罷了！這才致使那些不了解真相的人辱罵它。如果不充當社樹的話，幾乎早就遭到剪伐之害了。況且，它的自我保全的方法與眾不同，你從常理上去評論它，不是相差太遠了嗎？」

南伯子綦在商丘遊玩，看見一棵大樹，它的茂盛異乎尋常，就是集結千輛的車馬停在樹下，也能被枝葉所蔭蔽。子綦自語說：「這是甚麼樹啊！它必定有異乎尋常的材質吧！」仰起頭看了看它的細枝，卻只見彎彎曲曲的，不可以做棟樑；低下頭去看了看它的粗幹，卻見軸心出現裂紋而不能製作棺材；舔舔它的葉子，嘴就潰爛而受到傷害；聞一聞它的氣味，就使人爛醉如泥，三天都醒不過來。子綦又歎道：「這果然是不成材的樹木，所以才能長得如此高大茂盛。唉，神人也是用不材的面目來顯示世人的。」

宋國荊氏那個地方，適宜種植楸、柏之類的質地細密的樹木。當它長到一二把粗的時候，想用它來做拴獼猴的木樁的人便砍了去；當它長到三四圍粗的時候，想用它來建華麗豪宅的人便砍了去；當它長到七八圍粗的時候，高官富商之家想用它做獨板棺材的人便砍了去。所以那些樹木不能享盡自然賦予的壽命而中途夭折於斧頭之下，這就是有用之材招來的禍患。古人在禳除祭祀的時候，凡是白額的牛和翹鼻子的豬，以及生了痔瘡的人，都不可以用來祭祀河神。這些都是巫祝所知道的，認為那些情況都是不祥的。但這正是神人因它可以保身，所以認為是最大的吉祥。

支離疏，他的面頰縮在肚臍下，肩膀高過頭頂，腦後的髮髻朝天，脊背間五臟的穴位向上，兩條大腿和胸旁肋骨貼在一起。他給

人家縫衣洗衣，足夠養家；他給人家簸糠篩米，足夠養活十口人。國家徵兵時，支離疏卻敢捋袖揮臂遊於鬧市；國家有徭役徵夫時，他因為殘疾而免除服役；國家救濟貧病時，他可以領到三鍾米和十捆柴。像形體殘缺不全的人，尚且能夠養活自身，享盡天年，更何況那忘掉世俗德行的人呢！

孔子到楚國去，楚國狂人接輿走到孔子住所門前，唱道：「鳳啊，鳳啊，你的德行何以變得這樣衰微了呢？來世不可期待，往世不可追回。天下有道，聖人可以成就大業；天下無道，聖人只能保全生命。當今這個時代，僅能免於刑戮！幸福比羽毛還要輕，卻不知道珍惜；災禍比大地還要重，卻不知道躲避。罷了，罷了！別在人的面前炫耀自己。危險啊，危險啊！莫要畫地為牢讓人盲目鑽進去。迷陽啊迷陽，不要傷害我的行路。卻曲啊卻曲，不要傷害我的雙足。」

山上的良木是自己招來的砍伐；油脂可燃是自己招來的煎熬。桂樹由於可以食用，所以遭人砍伐；漆樹由於可以做塗料，所以遭人割取。世人都知道有用的用途，卻不知道無用中的用途。

【想一想】--

莊子的「無用之用」對你有何啟發？今天如何看待「無用之用」？（「有用」是否確會招災引禍？「無用」是否確能保全自我、永保平安？）

【強化訓練】--

一、將以下文句翻譯為白話文：

(1) 與之為無方，則危吾國；與之為有方，則危吾身。其知適
　　足以知人之過，而不知其所以過。

_____

_____

_____

(2) 汝不知夫螳螂乎？怒其臂以當車轍，不知其不勝任也，是
　　其才之美者也。戒之，慎之，積伐而美者以犯之，幾矣！

_____

_____

_____

(3) 使予也而有用，且得有此大也邪？且也，若與予也皆物也，
　　奈何哉其相物也？而幾死之散人，又惡知散木！

_____

_____

_____

(4) 夫支離其形者，猶足以養其身，終其天年，又況支離其德
　　者乎！

_____

_____

_____

(5) 福輕乎羽，莫之知載；禍重乎地，莫之知避。

_____

_____

_____

(6)山木，自寇也；膏火，自煎也。桂可食，故伐之；漆可用，故割之。人皆知有用之用，而莫知無用之用也。

_____

_____

_____

二、解釋以下句子中畫線的字詞：

(1)形莫若就，心莫若和

_____

(2)夫柤梨橘柚果蓏之屬，實熟則剝，剝則辱。大枝折，小枝泄。

_____

(3)且也，彼其所保與眾異，而以義喻之，不亦遠乎？

_____

三、解釋以下從原文中提取出的成語：

(1)螳臂當車：_____

(2)虛室生白：_____

(3)山木自寇：_____

(4)不材之木：_____

德充符

德充符（節選）

【題解】--

　　道德充實於內，萬物應驗於外。《德充符》以寓言的形式寫了五位肢體殘缺、奇形怪狀的人，而從德行上說，他們又都是完美出眾之人。末段集中討論人的情感問題，從養生的角度主張「無情」，反對因情傷性、因情傷身，強調「不以好惡內傷其身」，而要「常因自然」、順其自然。藉惠施「益生」而喪其德之例，反證修德關鍵在於忘身忘情。文章立足於破除外形殘全的觀念，而重視人的內在修行、內在德性，只要德行完美，一切形體上的殘缺不全均不足以為累。文章內容看似泛雜，其實通篇貫穿着一個「德」字，可謂一線串珠，章法隱祕而嚴整。

　　出自本篇的著名成語有「肝膽楚越」「虛往實歸」「無可奈何」「廢然而反」「死生一條」「和而不唱」等。

[原文] --

　　魯哀公問於仲尼曰：「衞有惡人[1]焉，曰哀駘它[2]。丈夫與之處者，思而不能去也；婦人見之，請於父母曰『與為人妻，寧為夫子妾』者，十數而未止也。未嘗有聞其唱者也，常和人而已矣。無君人之位以濟[3]乎人之死，無聚祿以望[4]人之腹，又以惡駭天下，和而不唱，知不出乎四域[5]，且而雌雄[6]合乎前，是必有異乎人者也。寡人召而視之，果以惡駭天下。與寡人處，不至以月數，而寡人有意乎其為人也；不至乎期年，而寡人信之。國無宰，寡人傳國焉。悶然而後應，氾然而若辭[7]。寡人醜乎[8]，卒授之國。無幾何也，去寡人而行。寡人卹[9]焉若有亡也，若無與樂是國也[10]。是何人者也？」

　　仲尼曰：「丘也嘗使於楚矣，適見㹠子[11]食於其死母者。少焉眴若[12]，皆棄之而走。不見己焉爾，不得類焉爾[13]。

――――――――――

1　惡人：醜陋的人。

2　哀駘它：虛擬的人物。駘（粵 toi4 台　普 tái）。

3　濟：拯救，挽救。

4　望：如月望，飽滿的樣子。

5　不出乎四域：不超出人世。

6　雌雄：女人和男人。

7　氾然：漫不經心的樣子。氾，同「泛」。辭：推辭。

8　寡人醜乎：醜，慚愧。喻魯哀公感自愧不如。

9　卹：即「恤」（粵 seot1 率　普 xù），憂悶的樣子。

10　若無與樂是國也：即「是國若無與樂也」。是：此，指魯國。

11　㹠子：小豬。㹠（粵 tyun4 團　普 tún）。

12　眴若：驚慌的樣子。眴（粵 seon3 信　普 shùn）。

13　不得類焉爾：不同一類，意指不像活着的樣子。

所愛其母者，非愛其形也，愛使其形者也 [14]。戰而死者，其人之葬也不以翣資 [15]；刖者之屨，無為愛之 [16]。皆無其本矣。為天子之諸御 [17]，不爪翦 [18]，不穿耳；取妻者止於外，不得復使。形全猶足以為爾，而況全德之人乎！今哀駘它未言而信，無功而親，使人授己國，唯恐其不受也，是必才全 [19] 而德不形 [20] 者也。」

　　哀公曰：「何謂才全？」

　　仲尼曰：「死生、存亡、窮達、貧富、賢與不肖、毀譽、飢渴、寒暑，是事之變，命 [21] 之行也。日夜相代乎前，而知不能規 [22] 乎其始者也。故不足以滑和 [23]，不可入於靈府 [24]。使之和豫通而不失於兌 [25]，使日夜無隙 [26] 而與物為春 [27]，是接而生時於心者也。是之謂才全。」

14　**使其形**：主宰形體的精神。

15　**戰而死者，其人之葬也不以翣資**：在戰場埋葬死者無棺，則不用棺飾送葬。翣（粵 saap3 霎 普 shà）：古時棺材上的飾物，形如扉。資：送，給。

16　**刖者之屨，無為愛之**：謂刖者無足，無須愛屨。刖（粵 jyut6 月 普 yuè）：古代砍足的刑罰。屨（粵 geoi3 據 普 jù）：鞋。

17　**諸御**：宮女。

18　**不爪翦**：不剪指甲。翦：同「剪」。

19　**才全**：才質完備。

20　**德不形**：德不顯露。

21　**命**：天命，自然。

22　**規**：讀作「揆」（粵 kwai5 愧 普 kuī），揆度之意。

23　**滑和**：擾亂本性的平和。滑：亂。

24　**靈府**：心靈。

25　**和豫通**：即安適通暢。兌：悅。

26　**日夜無隙**：日夜都不間斷，意謂經常保持怡悅的心情。

27　**與物為春**：應物之際，春然和氣。萬物欣欣向榮之意。

「何謂德不形？」曰：「平者，水停之盛[28]也。其可以為法也，內保之而外不盪也。德者，成和之修[29]也。德不形者，物不能離也。」

哀公異日以告閔子[30]曰：「始也吾以南面而君天下，執民之紀而憂其死，吾自以為至通[31]矣。今吾聞至人之言，恐吾無其實，輕用吾身而亡其國。吾與孔丘，非君臣也，德友而已矣！」

惠子[32]謂莊子曰：「人故無情乎？」

莊子曰：「然。」

惠子曰：「人而無情，何以謂之人？」

莊子曰：「道與之貌，天與之形，惡得不謂之人？」

惠子曰：「既謂之人，惡得無情？」

莊子曰：「是非，吾所謂情也。吾所謂無情者，言人之不以好惡內傷其身，常因自然而不益生也。」

惠子曰：「不益生，何以有其身？」

莊子曰：「道與之貌，天與之形，無以好惡內傷其身。今子外乎子之神，勞乎子之精，倚樹而吟，據槁梧而瞑[33]。天選[34]子之形，子以堅白鳴[35]。」

28　盛：極。

29　成和之修：完滿純和的修養。

30　閔子：孔子弟子閔子騫。

31　至通：非常通達，指明於治道。

32　惠子：惠施，名家的代表人物。

33　槁梧：枯槁的梧桐樹。瞑：古「眠」字，睡眠。

34　天選：天授。

35　堅白鳴：即惠施沉溺於關於堅白的爭論。堅白論是戰國時名家的著名論題。

【賞析與點評】

故事中人哀駘它，其相貌之醜陋足以驚駭天下（「惡駭天下」），但因為「有異乎人者」——「才全而德不形」，即才情完備、天性完美而道德高尚不露，因此贏得君臣百姓的喜愛、親近，「雌雄合乎前」。「才全」就是能夠做到不令千差萬別的外在事物擾亂人類和順的本性，使心靈保持安適順暢，保持愉悅狀態，以自然之心境看待自然之外物，物我為一，一切安於自然。「德不形」即要像水之平靜狀態，「內保之而外不蕩」，內部保持平靜，表面也毫無所動，越是道德高尚不露，萬物越是會親附不離。一切都在於心的修養。人生的旅程中，總會遭遇到種種的變故和價值的糾結，比如死生、存亡、貧富、賢愚、寒暑，這都是事物的變化、運命的流行。生命中的種種際遇，有的糾結可以經由主觀的努力而獲得改善，有的變故，人力則無可奈何！最重要的還是要努力不讓它們擾亂自己平和的心境。德乃完滿純和的修養，德一旦外露，就好似水面動盪一樣，不能與萬物和順。

道家宇宙觀、人生觀的基本主張是人與宇宙為不可分割的整體，進而倡導人與自然的和諧關係、人與人的和諧關係，以及人自身的內在平衡與和諧。「德者，成和之修也」，正是說「德」的最高境界就是達到人與自然、人與人的和諧修養的境界。

在與惠施的對話中，莊子對「無情」作了解釋：「所謂無情者，言人之不以好惡內傷其身，常因自然而不益生也。」即人不要因為好惡愛憎之類的情緒而傷害自己的本性，還是要「因自然」，順應自然。在莊子看來，追逐外物，患得患失、爭長道短，勞心費神，不僅無益於養生，也無益於濟世。莊子的觀點，無論從養生的角度，還是從養德的角度，都值得思考、值得借鑒。

【語譯】--

　　魯哀公對孔子說：「衞國有個形貌極為難看的人，他的名字叫哀駘它。男人和他相處，想念他而捨不得離開；女人見了他，請求父母說，『與其做別人的妻子，不如做這位先生的妾』，這樣的女人已有十幾個而不止。不曾聽說他有甚麼倡導，只見他總是應和別人。他沒有統治者的權位去挽救人們的死亡，也沒有積蓄的錢糧去滿足人們的溫飽，而且又面貌醜陋得讓天下人見了都要震驚，他應和而不領唱，他的智慮不超出人世之外，然而男人女人都來親近他，這必定有異於常人之處。我把他召來一看，果然見他面貌醜陋得讓天下人都震驚。他與我相處，不到一個月，我便感到他為人的可愛之處；不到一年，我便完全信任了他。國家缺宰相，我就要把國事委託給他。他心不在焉地應承，又漫不經心地好像有所推辭。我感到很慚愧，最終把國政授給他。時間不長，他就離開我走了。我很憂悶，就像丟了甚麼東西，好像在魯國再也沒人能夠與我同歡樂了。他到底是怎樣的一個人呢？」

　　孔子說：「我曾經出使過楚國，正巧看見一羣小豬在剛死的母豬身上吃奶。不一會兒，突然露出驚恐的樣子，都拋開母豬逃開了。這是因為母豬對小豬不再有任何感應，不再像活着時候了。可見小豬愛其母，不是愛牠的形貌，而是愛主宰形貌的精神啊。戰死在疆場上的士兵，葬埋他時用不着棺飾；被砍去腳的人，他對原來的鞋子，沒有理由再去珍惜。這都是由於失去了根本。做天子嬪妃的，不剪指甲，不穿耳眼；娶了妻子的內侍，不能再進宮，不得再受役使。為了保全完整的形體尚且如此，何況德性完備的人呢！現在哀駘它不開口而獲信任，無功業而受人親敬，使別人情願把自己的國家授給他，還怕他不肯接受，他必定是個天性完美無缺而道德高尚不露的人。」

哀公問：「甚麼叫做天性完美無缺？」

孔子說：「像死生、存亡、窮達、貧富、賢與不肖、毀譽、飢渴、寒暑，這都是事物的變化、自然規律的運行。它們日夜相互更替，展現在人們面前，而人們的智力卻不能窺見它們的由來。所以這些變化不足以擾亂我們和順的本性，不能侵入我們的心靈。能使心靈日夜不間斷地保持這種真性而與萬物同遊於春和之氣中，這就使心靈在與萬物接觸中，無時不和諧感應。這就叫做天性完美無缺。」

「甚麼叫做道德高尚不露呢？」

孔子說：「平，這是水極端靜止的狀態。它可以作為我們取法的標準，內心保持極端靜止的狀態，就能不為外界變化所搖盪。道德這東西，實際上就是成就純和的修養。道德高尚不露，萬物自然親附不離。」

後來哀公把此事告訴了閔子，說：「起初，我以國君的地位治理天下，執掌生殺的法紀而憂慮百姓的死亡，我自以為非常明達了。如今我聽了至人哀駘它的言論，恐怕我言過其實，只是輕率地動用自己的身心，以致使國家陷於危亡的境地。我和孔子並非是君臣關係，而是以德相交的朋友啊！」

惠子對莊子說：「人原本就是無情的嗎？」

莊子說：「是的。」

惠子說：「人要是無情，怎麼能稱為人呢？」

莊子說：「自然之道給了人的容貌，天然之理給了人的形體，怎麼不能稱為人？」

惠子說：「既然稱為人，怎麼能夠沒有情？」

莊子說：「是是非非的分別，這是我所說的情。我所說的無情，是不要因為好惡愛憎之類的情緒損害自己的本性，要經常順任自然而不是人為的去增益生命。」

惠子說：「不用人為的增益生命，怎麼能夠保存自己的身體？」

莊子說：「自然之道已經給了你容貌，天然之理已經給了你形體，加之不以好惡之情損害自己的本性，你還需要做甚麼呢？現在你放縱自己的精神，使它馳騖在外，耗費你的精力，倚着樹幹呻吟，靠着乾枯的梧桐樹打瞌睡。大自然賦予你形體，你卻抱着堅白之論爭鳴不休。」

【想一想】--

如何看待文中提到的身體殘缺但具有德行的殘疾人？他們代表了莊子的何種思想？

[強化訓練]--

一、將下列語句翻譯為白話文：

(1) 無君人之位以濟乎人之死，無聚祿以望人之腹，又以惡駭天下，和而不唱，知不出乎四域，且而雌雄合乎前，是必有異乎人者也。

_____

_____

_____

(2) 平者，水停之盛也。其可以為法也，內保之而外不盪也。德者，成和之修也。德不形者，物不能離也。

_____

_____

_____

(3) 始也吾以南面而君天下，執民之紀而憂其死，吾自以為至通矣。今吾聞至人之言，恐吾無其實，輕用吾身而亡其國。

_____

_____

_____

(4) 是非，吾所謂情也。吾所謂無情者，言人之不以好惡內傷其身，常因自然而不益生也。

_____

_____

_____

二、解釋以下句子中畫線的字詞：

(1) 使之和豫通而不失於兌，使日夜無隙而與物為春。

_____

(2) 寡人卹焉若有亡也，若無與樂是國也。
_____

(3) 道與之貌，天與之形，無以好惡內傷其身。
_____

三、解釋以下從原文中提取出的成語：

(1) 和而不唱：_____

(2) 南面而王：_____

(3) 生死窮達：_____

內篇選讀

大宗師

大宗師（節選）

【題解】

「大宗師」，即宗大道為師。道者，自然而已。宇宙乃生生不息的大生命；宇宙整體就是道；道亦即是宇宙大生命所散發的萬物之生命。「天人合一」的自然觀，「死生一如」的人生觀，「安化」的人生態度，「相忘」的生活境界，是本篇談論的主題。

莊子在文中對「道」有一段集中概括的描述：「夫道，有情有信，無為無形；可傳而不可受，可得而不可見；自本自根，未有天地，自古以固存……」此段文字可以視為莊子道論的總綱。在莊子看來，道是宇宙的絕對本原，是天地之間的最高主宰，萬物萬眾都必須絕對地以它為宗，以它為師。莊子天人一體的觀念，表達了人和宇宙的一體感。能了解人與自然的這種關係的，便是「真人」。關於生死觀念，莊子認為生與死都是自然而不可避免的，正如晝夜的變化一樣，是自然的規律。人不應局限於形軀之我，而應與大化同流，在自然萬化中求生命的安頓。文章通過七則寓言故事，通過故事中人物的對話、心境的描寫，生動描述了大道的內涵及其特徵。

從本篇可以學到的成語有「泉涸之魚」「相濡以沫」「相忘江湖」「自適其適」「藏舟於壑」「藏山於澤」「善始善終」「莫逆之交」「遊方之外」等等。

【原文】--

　　知天之所為，知人之所為者，至[1]矣！知天之所為者，天而生也[2]；知人之所為者，以其知之所知，以養其知之所不知[3]，終其天年而不中道夭者，是知之盛也。雖然，有患[4]。夫知有所待[5]而後當，其所待者特未定也。庸詎知吾所謂天之非人乎？所謂人之非天乎？

　　且有真人而後有真知。何謂真人？古之真人，不逆寡，不雄成[6]，不謨士[7]。若然者，過而弗悔，當而不自得也。若然者，登高不慄，入水不濡，入火不熱。是知之能登假於道[8]者也若此。

　　古之真人，其寢不夢，其覺無憂，其食不甘，其息深深。真人之息以踵[9]，眾人之息以喉。屈服者，其嗌言若哇[10]。其耆(shì)欲深者，其天機[11]淺。

1　　**至**：極致，極點。

2　　**知天之所為者，天而生也**：知道天的所為，是順着自然而生的。

3　　**知之所知**：人的智力所能知道的。前一「知」字讀作「智」。**知之所不知**：智力所不知道的。指一般智力難以知道的自然深層次的規律及生死變化道理。

4　　**雖然，有患**：這種觀點還有困難或還有問題。

5　　**所待**：所待的對象，一說具備條件。

6　　**不逆寡**：一說不因為少而拒絕；一說不倚眾欺寡。**不雄成**：不誇耀成功。

7　　**謨士**：謀事。謨（粵 mou4 無　普 mó）。

8　　**登假於道**：謂達到大道的境界。**假**：至。

9　　**真人之息以踵**：真人的氣息通達腳跟。**息**：氣息，呼吸。

10　　**其嗌言若哇**：言語吞吐喉頭好像受到阻礙一樣。嗌（粵 jik1 益　普 ài）：咽喉。哇：礙。

11　　**天機**：自然之生機，這裏指天然的根器。

古之真人，不知說生，不知惡死。其出不訢[12]，其入不距[13]。翛然[14]而往，翛然而來而已矣。不忘其所始，不求其所終。受而喜之，忘而復之。是之謂不以心捐道，不以人助天，是之謂真人。

若然者，其心忘，其容寂，其顙頯[15]。淒然似秋，暖然似春，喜怒通四時，與物有宜而莫知其極。

故聖人之用兵也，亡國而不失人心；利澤施乎萬世，不為愛人。故樂通物，非聖人也；有親，非仁也；天時，非賢也；利害不通，非君子也；行名失己，非士也；亡身不真，非役人也。若狐不偕、務光、伯夷、叔齊、箕子、胥餘、紀他、申徒狄，是役人之役，適人之適，而不自適其適者也。[16]

古之真人，其狀義而不朋，若不足而不承；與乎其觚[17]而不堅也，張乎其虛而不華也；邴邴乎其似喜也[18]，

12　訢：同「欣」。

13　距：同「拒」。

14　翛然：無拘束的樣子。翛（粵 siu1 俏　普 xiāo）。

15　顙：額頭。頯（粵 kwai4 攜　普 kuí）：寬大的樣子。

16　**故聖人之用兵也……而不自適其適者也**：此段懷疑是從別處錯入。**狐不偕**：古時賢人。**務光**：夏末隱士，湯讓天下而不受，投河而死。**伯夷、叔齊**：商時二君子，周武王滅商，他們認為這是以暴易暴，不食周粟，餓死於首陽山。**箕子**：商紂王庶叔，因忠諫不從而佯狂為奴，被紂王囚禁。**胥餘**：不詳。舊注說是箕子之名，或謂比干、伍子胥。**紀他**：商時隱士，擔心湯讓位，投水而死。**申徒狄**：商時人，因仰慕紀他，負石沉河而死。

17　**與乎**：自然的樣子。觚（粵 gu1 家　普 gū）：特立不羣。

18　**邴邴乎其似喜也**：真人的精神開朗，似有喜色。邴邴：欣喜的樣子。邴（粵 bing2 丙　普 bǐng）。

崔崔乎其不得已也 [19]。滀乎進我色也 [20]，與乎止我德也 [21]，厲 [22] 乎其似世也，警乎其未可制也 [23]，連乎 [24] 其似好閉也，悗乎忘其言也 [25]。以刑為體，以禮為翼，以知為時，以德為循。以刑為體者，綽乎其殺也；以禮為翼者，所以行於世也；以知為時者，不得已於事也；以德為循者，言其與有足者至於丘也，而人真以為勤行者也。故其好之也一，其弗好之也一。其一也一，其不一也一。其一與天為徒，其不一與人為徒，天與人不相勝也，是之謂真人。

死生，命 [26] 也；其有夜旦之常，天 [27] 也。人之有所不得與 [28]，皆物之情也。彼特 [29] 以天為父，而身猶愛之，而況其卓 [30] 乎！人特以有君為愈乎己，而身猶死之，而況其真 [31] 乎！

19　**崔崔乎其不得已也**：舉動出於不得已。

20　**滀乎進我色也**：形容內心充實而面色可親。滀（粵 cuk1 速　普 chù）：聚。

21　**與**（粵 jyu6 語　普 yù）：通「豫」，寬舒的樣子。**止**：歸止，歸依。這句話是說寬厚的德行，讓人歸依。

22　**厲**：嚴厲，嚴肅的意思。

23　**警乎其未可制也**：高邁敖放而不可制止。警（粵 ngou6 敖　普 ào）：高邁敖放。

24　**連乎**：形容沉默不語。連：合，密。

25　**悗乎其忘言也**：形容無心而忘言。悗（粵 mun5 曼　普 mèn）。

26　**命**：天地自然之理，事物變化的自然過程。

27　**天**：自然的規律。

28　**與**：參與。

29　**特**：獨，僅。

30　**卓**：獨化卓越，指道。

31　**真**：指道。

泉涸，魚相與處於陸，相呴 [32] 以濕，相濡 [33] 以沫，不如相忘於江湖。與其譽堯而非桀也，不如兩忘而化其道。夫大塊載我以形，勞我以生，佚我以老，息我以死。故善吾生者，乃所以善吾死也。

夫藏舟於壑，藏山 [34] 於澤，謂之固 [35] 矣！然而夜半 [36] 有力者負之而走，昧 [37] 者不知也。藏小大 [38] 有宜，猶有所遁。若夫藏天下於天下而不得所遁，是恆物之大情也。特犯 [39] 人之形而猶喜之。若人之形者，萬化而未始有極也，其為樂可勝計邪？故聖人將遊於物之所不得遁而皆存。善夭 [40] 善老，善始善終，人猶效之，又況萬物之所係而一化之所待 [41] 乎！

夫道，有情有信 [42]，無為無形；可傳而不可受 [43]，可得而不可見；自本自根，未有天地，自古以固存；神鬼神帝 [44]，生天生地；在太極之先而不為高，在六極之下而不

32　呴（粵 heoi1 虛　普 xǔ）：噓吸。

33　濡（粵 jyu4 與　普 rú）：濕潤。

34　山：作「汕」，漁網，漁具。

35　固：牢靠。

36　夜半：半夜，引申為不知不覺的意思。

37　昧：愚昧。

38　藏小大：藏小於大。

39　犯：猶遇也，遭遇。

40　夭：少小，年幼。

41　一化之所待：一切變化之所依待的，指道理。

42　情：實。信：真。

43　受：通「授」。

44　神鬼神帝：生鬼生帝。神，生，引出。

為深⁴⁵，先天地生而不為久，長於上古而不為老⁴⁶。豨韋氏⁴⁷得之，以挈⁴⁸天地；伏戲氏⁴⁹得之，以襲氣母⁵⁰；維斗⁵¹得之，終古不忒（tè）；日月得之，終古不息；堪壞⁵²得之，以襲崑崙；馮夷⁵³得之，以遊大川；肩吾⁵⁴得之，以處大山；黃帝得之，以登雲天；顓頊⁵⁵得之，以處玄宮；禺彊⁵⁶得之，立乎北極；西王母⁵⁷得之，坐乎少廣，莫知其始，莫知其終；彭祖⁵⁸得之，上及有虞，下及五伯⁵⁹；傅說⁶⁰得之，以相武丁，奄有⁶¹天下，乘東維，騎箕尾，而比於列星。

45　**在太極之先而不為高，在六極之下而不為深**：指道無所不在。太極：通常指天地沒有形成以前，陰陽未分的那股元氣。六極：六合，指天地和四方。

46　**先天地生而不為久，長於上古而不為老**：謂道貫古今，無時不在。

47　**豨韋氏**：傳說中的遠古帝王。豨（粵 hei1 希　普 xī）。

48　**挈**（粵 kit3 揭　普 qiè）：提攜。

49　**伏戲氏**：即伏羲氏。

50　**襲**：合。**氣母**：元氣的生育者。

51　**維斗**：北斗星。

52　**堪壞**：崑崙山之神。

53　**馮夷**：黃河之神。

54　**肩吾**：泰山之神。**大山**：泰山。

55　**顓頊**：黃帝之孫，又稱高陽，古代五帝之一，為北方帝，居玄宮。顓（粵 zyun1 專　普 zhuān），頊（粵 juk1 育　普 xū）。

56　**禺彊**：水神。

57　**西王母**：傳說中的神人。一說為太陰之精，豹尾，虎齒，善笑。常坐西方少廣之山，不復生死，莫知所終。

58　**彭祖**：傳說為顓頊之元孫，善養生。

59　**上及有虞，下及五伯**：謂從上古虞舜時代活到春秋時期五霸時代。五伯：即五霸：齊桓公、晉文公、秦穆公、楚莊王、宋襄公。

60　**傅說**：殷商時代的名士。

61　**奄有**：包有，統禦。

　　子桑戶、孟子反、子琴張三人相與友 [62]，曰：「孰能相與於無相與，相為於無相為 [63]？孰能登天遊霧 [64]，撓挑無極 [65]，相忘以生，無所終窮？」三人相視而笑，莫逆於心。遂相與為友。

　　莫然有間 [66]，而子桑戶死，未葬。孔子聞之，使子貢往侍事 [67] 焉，或編曲 [68]，或鼓琴，相和而歌曰：「嗟來桑戶乎！嗟來桑戶乎！而已反其真 [69]，而我猶為人猗 [70]！」子貢趨而進曰：「敢問臨屍而歌，禮乎？」

　　二人相視而笑曰：「是惡知禮意！」

　　子貢反，以告孔子曰：「彼何人者邪？修行無有 [71]，而外其形骸，臨屍而歌，顏色不變，無以命之 [72]。彼何人者邪？」

　　孔子曰：「彼遊方之外 [73] 者也，而丘遊方之內者也。外內不相及，而丘使女往弔之，丘則陋矣！彼方且與造物

62　**子桑戶、孟子反、子琴張**：方外之士，寓言人物。**相與友**：相交為朋友。

63　**相與於無相與，相為於無相為**：形容相交而出於自然，相助而不着形跡。

64　**登天遊霧**：形容精神超然物外。

65　**撓挑無極**：跳躍於無極。無極：太虛。

66　**莫然有間**：謂三人寂漠無言而有頃也；沒過多久。

67　**侍事**：助治喪事。

68　**編曲**：編輓歌。

69　**反其真**：返歸自然。

70　**我猶為人猗**：我們還是做凡人的事。

71　**修行無有**：即「無有修行」，不修飾禮文。

72　**無以命之**：無以名之。

73　**方之外**：方域之外，形容超脫禮教之外，不受禮教的束縛。

者為人⁷⁴，而遊乎天地之一氣⁷⁵。彼以生為附贅縣疣⁷⁶，以死為決𤴯潰癰⁷⁷。夫若然者，又惡知死生先後之所在！假於異物，託於同體⁷⁸；忘其肝膽，遺其耳目；反覆終始，不知端倪；芒然⁷⁹彷徨乎塵垢之外，逍遙乎無為之業。彼又惡能憒憒⁸⁰然為世俗之禮，以觀⁸¹眾人之耳目哉！」

子貢曰：「然則夫子何方之依？」孔子曰：「丘，天之戮民也。雖然，吾與汝共之。」

子貢曰：「敢問其方？」孔子曰：「魚相造乎水，人相造乎道。相造乎水者，穿池而養給；相造乎道者，無事而生定⁸²。故曰：魚相忘乎江湖，人相忘乎道術。」

子貢曰：「敢問畸人⁸³。」曰：「畸人者，畸於人而侔⁸⁴於天。故曰：天之小人，人之君子；人之君子，天之小人也。」

74　**為人**：為偶，為友。

75　**天地之一氣**：指萬物之初的原始混沌狀態，亦即大道的渾一狀態。

76　**附贅**：附生的多餘的肉瘤。**縣疣**：懸生的肉瘤。縣：同「懸」。縣（粵 jyun4 原 普 xuán），疣（粵 jau4 由 普 yóu）。

77　**𤴯**（粵 wun4 桓 普 huàn）：皮膚上的腫包。**癰**（粵 jung1 雍 普 yōng）：紅腫出膿的瘡。

78　**假於異物，託於同體**：借着不同的原質，聚合而成一個形體。

79　**芒然**：同茫然。

80　**憒憒**：煩亂。

81　**觀**：示人，炫耀。

82　**生定**：性分靜定而安樂。生（粵 sing3 勝 普 xìng）：通「性」。

83　**畸人**：奇異之人，不合於俗的人。畸（粵 gei1 其 普 jī）。

84　**侔**：合。

[賞析與點評]--

　　本篇前面部分四說「真人」：真人忘懷於物，真人無情無慾，真人不計生死、通於物，真人懂得「天與人不相勝」，懂得天人合一。莊子說的「真人」就是能夠超然物外的悟道之人，與《逍遙遊》裏的至人、神人、聖人是一個意思。莊子具體論述了真人對待生與死、夢與覺、食與息等方面心如止水的反應，入水不濕、入火不熱的感覺，給真人塗上了超凡神異的色彩，成為後代仙人的特徵。

　　「死生，命也；其有夜旦之常，天也。」生死問題是人生最大的困惑，從而也成為莊子關注的核心。莊子把生死看成是命，是天命，是自然現象，人應該順命，生死都應該坦然接受，始終保持平和的心態。至此，不妨去到後面再讀一讀《至樂》篇中「莊子妻死、鼓盆而歌」一節，以加深對莊子生死觀的認識。

　　其實，我們還可以從《齊物論》所講「齊彼此」的角度看待生死，「齊彼此」則能「齊生死」，站在超越彼此的立場看待生死，無所謂彼無所謂此，無所謂生無所謂死。也許有一天你面對挫折時憂愁無奈，想一想莊子關於達觀地看待生死的觀點，一定能夠獲得有益的啟示。

　　「相濡以沫」「相忘江湖」如今都已成為家喻戶曉的成語。莊子在文中呈現了一個自然災變的景象：泉水乾涸，池塘枯竭，魚兒一起困處陸地，相互噓吸濕氣，以唾沫相互濕潤。莊子藉魚來描繪人間的處困及困境中相互救助的情景。人們多用「相濡以沫」讚賞患難之交，而莊子其實並不以為然，他認為，於逆境、困境時的「相濡以沫」雖然值得頌揚，但畢竟不如順境及得意之時彼此「相忘於江湖」更讓人愉悅，更讓人憧憬，那是一種物我兩忘而融合於道的境

界。見解可謂獨特。

「子桑戶」一則故事，莊子藉孔子之言，進一步印證得道的「方外之人」較「遊方之內者」更加快樂自在的道理。孔子雖然一直在追求社會和諧，一直在講求禮樂秩序，但坦然承認自己是「天之戮民」，是要遭受天道處罰的人，心裏其實始終嚮往着方外之道。

關於此篇的文學筆法，清人劉鳳苞做過精彩點評：「此篇文法，首段已盡其妙。以下逐層逐段，分應上文，神龍噓氣成雲，伸縮變化，全在首尾，若隱若顯，令人不可捉摸……自有文章以來，空前絕後，無古無今，殆唯莊生為獨步矣。」

[語譯]--

知道天道自然運化，也知道人類的主觀所為，可稱得上是認知的極致了。知道天道運化的自然之理，這是由於順應自然的道理而得知；知道人類的後天所為，這是用人類智力所能知道的道理，去順應智力所不能知道的，讓自己享盡天年而不至於中途死亡，這也算是智力的極致了。雖然這樣說，但是還有問題。認識的正確與否，必須依賴客觀對象的驗證才能確定，而所依賴的對象卻是變化不定的。怎麼知道我所說的天道自然不是屬於人為呢？所謂的人為不是屬於天道自然呢？

只有有了真人才可能有真知。甚麼叫真人？古時候的真人，不因為少而拒絕，不自恃成功，不謀慮事情。像這樣的人，錯過時機而不後悔，正當時機而不自得。像這樣的人，登高不發抖，入水不

沾濕，入火不覺熱。這是他的見識達到了大道的境界才能這樣。

古時候的真人，睡覺時不做夢，醒來時不煩憂，飲食不求甘美，呼吸深沉綿長。真人的氣息通達腳跟，眾人的氣息僅存喉嚨。爭辯中被人屈服的人，他的言語塞在喉頭中，就像要嘔吐一樣難受。凡是嗜慾深的人，他的天然根器就淺薄。

古時候的真人，不知道貪生，不知道怕死。出生了不欣喜，入土了不拒絕。無拘無束地去世，無拘無束地來世而已。不忘記自己生命的本源，不尋求自己的歸宿。接受了自然賦予的生命而欣然自得，忘卻了生死的變化而復歸於自然。這就叫做不以慾望之心損害自然之道，不以人為的力量去輔助天命之常，這就是真人了。像這樣的人，他的心慾早已忘懷，他的容貌靜寂安閒，他的額頭寬寬大大。表情嚴肅時像秋天一樣冷淒，態度和藹時像春天一樣溫暖，喜怒無心，像四季的自然變化，隨事合宜，無跡可尋。所以聖人用兵打仗，雖然滅亡了別的國家，卻不會失掉人心；利益和恩澤施及萬世，卻並非有意愛人。所以說有心和外界交往，就不是聖人；有親疏之分，就不是仁人；揣度天時，就不是賢人；利害不能相通為一，就不是君子；追求聲名而失去本性，就不是士人；自喪真性，只能被人役使，就不是役使之人。像狐不偕、務光、伯夷、叔齊、箕子、胥餘、紀他、申徒狄，他們都是被人役使，使人快意，而不是以自己的快意為快意。

古時候的真人，他的形體高大而不崩壞，好像不足卻無須接受；安閒特立而不固執，心胸開闊而不浮華；暢然自適好像有喜色，一舉一動好像出於不得已。他的容顏和悅有光，令人親近；他的德行寬厚閒舒，令人歸依；他的胸襟恢宏，猶如世界一般廣大；他的精神

高放自得，不可駕馭；他沉默不語，好像封閉了感覺的通路；他漫不經心，好像遺忘了要說的語言。他把刑律作為主體，把禮儀作為輔助，憑藉智慧審時度勢，以道德為處事所遵循的原則。把刑律作為主體，雖殺而猶覺寬大；把禮儀作為輔助，正是為了推行於天下；憑藉智慧審時度勢，不過是為了應付事物而出於無奈；以道德為處事所遵循的原則，說的是就像有腳的人都能登上山丘一樣，而世人卻認為只有勤行者才能達到。所以真人無心好惡，喜歡和厭惡都是一樣的。真人是把萬物混同為一的，一樣的東西是一，不一樣的東西也是一。當真人處於混同境界時，則與天道自然同遊；當他混跡於芸芸眾生之中時，則與世人為同類。他把天與人的關係看做是天人合一、天人不相互對立的關係，這就是真人。

人的生死變化是不可避免的命運活動；就像日夜永恆的交替一樣，都是自然的規律。對於自然規律，人們是無法干預的，這都是事物變化的情理。人們把天作為生命之父，而終生敬愛它，更何況派生天地的大道！人們認為國君的勢力地位超過了自己，而願意捨身效忠，更何況主宰萬物的大道！

泉水乾枯了，魚兒一同困在陸地上，牠們互相吐着濕氣滋潤着對方，又用唾液沾濕彼此的身體，與其如此，牠們寧願回到江湖中，把彼此都忘掉。與其讚美堯而非難桀，不如把兩人的善惡是非都忘掉，而同化於大道之中。

天地賦予我形體以使我有所寄託，給了我生命以使我勤勞，又用衰老讓我安逸，最後又用死亡讓我安息。所以說把生存看作是好事的，也必然把死亡也看作是好事。把船藏在山谷裏，把漁具藏在深水中，稱得上很牢靠了。然而夜半無人知曉之時，倘若有造化的

大力士把它們背走，愚昧的人是不會知道的。把小的東西藏在大的東西裏面，可以說是很合適了，但還是有所亡失。如果把天下隱藏在天下之中是不會亡失的，這是萬物普遍的至理。人們一旦獲得人的形體就欣然自喜。如果知道人的形體千變萬化而沒有窮盡，那麼這種欣喜豈可數清呢？所以聖人遊心於不會亡失的境地而和大道共存。對於樂觀地安順地對待和處理生老病死的人，大家尚且效法他，何況對於萬物的根源和一切變化所依賴的大道呢？

大道是真實而有信驗的，沒有主觀的作為，也不留下任何的形跡；它可以心傳而不能口授，可以心得而不能目見；它是萬物最原始的本根，在有天地以前，就一直存在着；是它產生了鬼神和上帝，是它產生了天和地；它在混沌之氣之前就存在而稱不上高遠，它在天地四方之下還不算深邃，它早於天地之前就存在還不算久長，它比上古時間還長遠而不算老。狶韋氏得到它，用它整頓天地；伏羲氏得到它，用它調合元氣；北斗星得到它，用它保障終古不變的運行軌道；日月得到它，用它維持萬古運轉不停；山神堪壞得到它，就能入主崑崙；河神馮夷得到它，就能巡遊黃河大川；肩吾得到它，就能鎮守泰山；黃帝得到它，就能登天成仙；顓頊得到它，就能身居玄宮，成為北方之帝；禺彊得到它，就能自立於北海之神。西王母得到它，便可安坐少廣之山，不復生死，不知始終；彭祖得到它，壽數綿長，上及虞舜，下至春秋五霸；傅說得到它，可以做武丁的宰相，治理全天下，死後駕馭着東維與箕尾兩星，遨遊於眾星之間。

子桑戶、孟子反、子琴張三人一起結為朋友，說：「看誰能夠相交於無心無肺，相助於無所作為？看誰能夠登天穿霧，超然萬物之外，遨遊太虛，忘掉生死的區別，沒有止盡？」三個人相視而笑，彼此心意相通，於是成為契友。

漠然之中過了不久，子桑戶死，還未安葬。孔子聽說了，派子貢前往助理喪事。只見那裏兩人有的編曲，有的彈琴，相互唱和道：「哎呀桑戶啊！哎呀桑戶啊！你已經返歸本真了，而我們還寄寓在人間啊！」子貢快步向前，問道：「請問面對死屍歌唱，這符合禮儀嗎？」

二人相互看了看，笑着說：「這種說法哪裏懂得禮的真意？」

子貢回去後，把此事告訴了孔子，說：「他們到底是甚麼樣的人呢？修行卻不講禮儀，把形骸置之度外，對着屍體唱歌，臉色全無哀色，真是無法說清。他們到底是甚麼樣的人呢？」

孔子說：「他們是生活在塵世外的人，而我卻是生活在塵世內的人。塵世外與塵世內是彼此不相干的兩個世界，而我竟然派你去弔唁，這是我的淺陋啊！他們正在和造物者為朋友，而遊於萬物之初的渾沌境地。他們把生命看作是附着的肉瘤，把死亡看作是肉瘤的潰敗，像這樣子，又哪裏知道生死先後的區別呢！假借於不同的物體，寄託於同一個身體；忘卻內部的肝膽，遺忘外面的耳目；讓生命隨其自然而生死循環，不去追究它們的頭緒；無所牽掛地神遊於塵世之外，逍遙自在地遨遊於無為太虛之鄉。他們又怎能心煩意亂地拘守世俗的禮儀，以此讓眾人來觀看聽聞！」

子貢說：「那麼先生是依從方內還是依從方外呢？」

孔子說：「我是個擺脫不了方內桎梏，終究要遭天道處罰的人。雖然如此，我與你還是嚮往着方外之道。」

子貢說：「請問有甚麼方法嗎？」

孔子說：「魚兒相互追尋水源，人們相互嚮往大道。相互尋找水源的，挖個水池來供養；相互嚮往大道的，無為而逍遙，心性安祥寧靜。所以說，魚兒游於江湖就會忘掉一切而悠然自樂，人們遊於大道之中就會忘掉一切而逍遙自在。」

子貢說：「請問不同凡響的異人是甚麼樣的人？」

孔子說：「異人是異於普通人而順合於自然天道。所以說，天道視為的小人，正是俗人眼中的君子；俗人眼中的君子，正是天道視為的小人。」

【想一想】--

（1）本文開篇的「知天之所為，知人之所為者，至矣！知天之所為者，天而生也；知人之所為者，以其知之所知，以養其知之所不知，終其天年而不中道夭者，是知之盛也」這段話，和之前我們已經讀過的《莊子》篇目中的哪一段有相通之處呢？試談一談。

（2）談談莊子所謂的「真人」，是甚麼樣的形象？表達了他的甚麼思想觀點？

【強化訓練】--

一、將以下句子翻譯為白話文：

(1) 知天之所為，知人之所為者，至矣！知天之所為者，天而生也；知人之所為者，以其知之所知，以養其知之所不知，終其天年而不中道夭者，是知之盛也。

_____

_____

_____

(2) 古之真人，不逆寡，不雄成，不謨士。若然者，過而弗悔，當而不自得也。

_____

_____

_____

(3) 故樂通物，非聖人也；有親，非仁也；天時，非賢也；利害不通，非君子也；行名失己，非士也；亡身不真，非役人也。

_____

_____

_____

(4) 以刑為體，以禮為翼，以知為時，以德為循。

_____

_____

_____

(5) 泉涸，魚相與處於陸，相呴以濕，相濡以沫，不如相忘於江湖。與其譽堯而非桀也，不如兩忘而化其道。

_____

_____

_____

(6) 彼方且與造物者為人，而遊乎天地之一氣。彼以生為附贅縣疣，以死為決潰癰。夫若然者，又惡知死生先後之所在！

_____

_____

_____

二、解釋以下文句中畫線的字詞：

(1) 古之真人，其狀義而不朋，若不足而不承；與乎其觚而不堅也，張乎其虛而不華也；邴邴乎其似喜也，崔崔乎其不得已也。

_____

_____

(2) 夫道，有情有信，無為無形；可傳而不可受，可得而不可見。

_____

_____

(3) 相造乎水者，穿池而養給；相造乎道者，無事而生定。

_____

_____

三、解釋一下從文中擷取的成語典故：

(1) 莫逆之交：_____

(2) 相濡以沫：_____

(3) 藏舟：_____

內篇選讀

應帝王

應帝王（節選）

【題解】

本篇主要討論帝王如何治理天下，集中展現了莊子的無為政治論。

莊子以「無為」「無私」作為衡量標準，認為帝王一旦有了成心，想要有為，便會有意為之，就會強行制定各種規矩法度，使人的言行受到約束限制，這種做法很不可取，甚至連有虞氏「藏仁以要人」，以仁德籠絡人心，都要不得，雖然可能得到了人心，但始終還是為外物所累，是有為而不安命的表現。無心、無我、無知、無為，與萬物混同為一，是道家追求的最高道德境界，無為而治的政治，是道家認為最合乎道的、理想的政治。作為帝王，應當「遊心於淡，合氣於漠，順物自然而無容私焉」，即順應自然而沒有任何個人的偏私，只有這樣，天下才能大治。

文章借寓言人物蒲衣子之口，道出理想的治者應是：心胸舒泰、純真質樸；不用權謀智巧，也不假借任何仁義名目去要結人心。又借狂接輿與肩吾的對話，對統治者僅憑個人意志制定法律的獨裁行徑做了有力的批判，強調為政之道，要在「正而後行，確乎能其事者」，任人各盡所能就是了，不能以我強人。再借無名人之口指出：「順物自然而無容私焉，則天下治矣」。「順物自然」，人民就可以享有自由的生活，治者去私，才能走向為民為公的正確道路。篇末為著名的儵忽鑿竅與渾沌之死的故事。莊子目擊戰國時代的社會慘景，運用高超的藝術筆法描繪渾沌之死，以喻「有為」之政給社會、給百姓帶來的災害。

從本篇可以學到的成語有「蚊虻負山」「涉海鑿河」「虛與委蛇」「用心若鏡」「混沌鑿竅」等等。

[原文]--

　　齧缺問於王倪[1]，四問而四不知。齧缺因躍而大喜，行以告蒲衣子[2]。蒲衣子曰：「而乃今知之乎？有虞氏不及泰氏[3]。有虞氏其猶藏仁以要[4]人，亦得人矣，而未始出於非人[5]。泰氏其臥徐徐[6]，其覺于于[7]。一以己為馬，一以己為牛。其知情信，其德甚真，而未始入於非人[8]。」

　　肩吾見狂接輿[9]。狂接輿曰：「日中始何以語女[10]？」

　　肩吾曰：「告我，君人者以己出經式義度[11]，人孰敢不聽而化諸[12]？」

　　狂接輿曰：「是欺德[13]也。其於治天下也，猶涉海鑿河，而使蚊負山也。夫聖人之治也，治外[14]乎？正而後

1　齧（粵 jit6 噎 普 niè）缺、王倪：虛構的人物。

2　蒲衣子：虛構的人物。

3　有虞氏：即舜。泰氏：上古帝王，無名之君。

4　要：邀，要結。

5　非人：指物。

6　徐徐：安閒，舒緩。

7　于于：形容自得的樣子。

8　未始入於非人：意即從來沒有受外物的牽累。

9　肩吾：虛構的人物。接輿：楚國的狂士。

10　日中始：假託的寓言人物。女：同「汝」，你。

11　經式義度：法度。義：即「儀」。

12　諸：句尾語助詞。

13　欺德：虛偽不實的言行。

14　治外：指用「經式儀度」繩之於外。

行 [15]，確乎能其事者 [16] 而已矣。且鳥高飛以避矰弋 [17] 之害，鼷鼠 [18] 深穴乎神丘之下以避熏鑿 [19] 之患，而 [20] 曾二蟲之無知？」

天根遊於殷陽 [21]，至蓼水 [22] 之上，適遭無名人而問焉，曰：「請問為天下。」

無名人曰：「去！汝鄙人也，何問之不豫也 [23]！予方將與造物者為人 [24]，厭則又乘夫莽眇之鳥 [25]，以出六極之外，而遊無何有之鄉，以處壙埌之野 [26]。汝又何帠 [27] 以治天下感予之心為？」又復問，無名人曰：「汝遊心於淡，合氣於漠 [28]，順物自然而無容私 [29] 焉，而天下治矣。」

---

15 **正而後行**：自正而後化行天下。

16 **確乎能其事者**：指任人各盡其能。

17 **矰弋**：捕鳥的器具，把箭繫在生絲上。矰（粵 zang1 曾 普 zēng），弋（粵 jik6 易 普 yì）。

18 **鼷鼠**：小鼠。鼷（粵 hai4 兮 普 xī）。

19 **熏鑿**：謂煙熏和挖掘。

20 **而**：你。

21 **天根**：虛構的人物。**殷陽**：殷山之陽，虛擬的地名。

22 **蓼水**：疑是莊子自設的水名。

23 **何問之不豫**：所問何其不當。不豫：不悅，不快。豫：適，謂妥當。

24 **予方將與造物者為人**：謂予方將與大道為友，即正要和大道同遊的意思。

25 **莽眇之鳥**：喻以清虛之氣為鳥，遊於太空。

26 **壙埌之野**：空曠寥闊的地方。壙（粵 kwong3 曠 普 kuàng），埌（粵 long6 浪 普 làng）。

27 **帠**（粵 ngai6 藝 普 yì）：「臬」的壞字，讀作「瘗」，「瘗」的本字。一說當為「叚」，為「暇」借字。

28 **遊心於淡，合氣於漠**：淡、漠，皆指清靜無為。

29 **無容私**：不參以私意。

......

無為名尸[30]，無為謀府[31]，無為事任[32]，無為知主[33]。體盡無窮，而遊無朕[34]。盡其所受乎天[35]而無見得[36]，亦虛而已！至人之用心若鏡，不將不迎，應而不藏[37]，故能勝物而不傷。

南海之帝為儵，北海之帝為忽，中央之帝為渾沌[38]。儵與忽時相與遇於渾沌之地，渾沌待[39]之甚善。儵與忽謀報渾沌之德，曰：「人皆有七竅[40]以視聽食息，此獨無有，嘗試鑿之。」日鑿一竅，七日而渾沌死。

30　**名**：名譽。**尸**：主，承受者。

31　**謀**：智謀。**府**：府庫。

32　**無為事任**：不可強行任事。

33　**無為知主**：不可主於智巧。

34　**體盡無窮，而遊無朕**：謂體悟廣大無邊之道的境界而行所無事。**朕**：先兆，跡象。

35　**盡其所受乎天**：承受着自然的本性。

36　**無見得**：不自現其所得，即不自我誇耀。見（粵 jin6 研　普 xiàn）。

37　**不將不迎，應而不藏**：形容順任自然，不懷私意。

38　**儵**（粵 suk1 宿　普 shū）、**忽**、**渾沌**：皆是虛構的帝王名字。渾沌涵義頗豐，其一喻純樸自然為美；其二喻各適其性，渾沌之死如魯侯飼鳥；其三，南海為陽，北海為陰，中央為陰陽之合。

39　**待**：款待。

40　**七竅**：指一口、兩耳、兩目、兩鼻孔。**息**：呼吸。

〔賞析與點評〕

莊子主張無為而治，要用順其自然、無所作為的辦法統治天下，以甚麼都不做的策略收到甚麼都做了的效果，這正是道家所說的無為而無不為。莊子崇尚「真」，崇尚天性，崇尚廣大虛無的「道」，認為紛繁複雜的萬事萬物之間始終存在着能夠令其歸於和諧的自然法則，始終蘊含着整個生態系統大的平衡，不可刻意去改變它。因此，莊子的「無為」不能簡單理解為甚麼都不做，而是提倡作為最高統治者的帝王不應該強逆天性而治理國家、統治人民。

「遊心於淡，合氣於漠，順物自然而無容私焉。」在眾多思想觀念中，最能反映出莊子學說特點的，莫過於「遊心」。「遊心」不僅是精神自由的表現，更是藝術人格的流露。莊子「遊心」所表達的自由精神、所洋溢着的生命智慧、所蘊含着的審美意蘊，成為境界哲學的重要成分，亦長期沉浸在文學藝術創作者的心靈中。

「無為名尸，無為謀府」一段，莊子告誡世人，不要做名譽的主人，不要做甚麼智囊，最好把自己完全融入無邊無際的大道，自在遨遊，了無行跡，一切順其自然，不必在意有甚麼得失，因為所謂的得失都是虛無的。莊子所言，表面看來似嫌消極，但仔細品味，不無道理，甚至飽含有人生的大智慧 —— 假如一個人真能不為名利所累，真能做到超然物外，自可避免勞心傷神，活得從容灑脫。

本篇末段，莊子運用高妙的藝術手筆描述渾沌之死，比喻有為之政給百姓和人間帶來的災害，進一步表達其無為而治的政治主張。在《人間世》和《至樂》篇，莊子反覆申述了同樣的主張，透過愛馬人和魯侯養鳥的故事，告誡世人，如果無視效果，而一味強調自己的願望，這樣的好心又能被誰所承認和接受呢？雖都是寓言故

事,但篇篇發人深省。

清代文人劉鳳苞對此篇做過如下點評:「細按此篇文法,首尾前後,一氣相生,均是『立乎不測,遊於無有』,入神超妙功夫」;「莊子精神,全注於此」。林紓的點評更是精彩:「無心任化,是《應帝王》一篇之本旨,一線到底」;講完列子大悟,明白了一切皆無,「似乎至理完足,無剩義矣」,「忽鬥出有、忽、渾沌之以有鑿無,想入非非,為通篇之後殿」;「設想之奇,無可倫比,非莊生,安得有此仙筆」!

還應留意的是,《應帝王》以「南海」「北海」作結,與《逍遙遊》開篇「北冥」「南冥」遙相呼應,可以看出《莊子》內篇結構嚴謹,文意連貫,不愧是莊子的精心佳構。

【語譯】

齧缺向王倪請教,問了四次,王倪四次都回答說不知道。齧缺因此高興得跳了起來,把這事告訴蒲衣子。蒲衣子說:「現在你才知道了吧,有虞氏不如泰氏。有虞氏還心懷仁義,以此要結人心,雖然也獲得了人心,但未能超然物外。泰氏卻睡眠時呼吸舒緩,醒來時安閒自得,任人把自己稱為馬,或是稱為牛。他的心智真實無偽,他的品德純真高尚,沒有受到外物的牽累。」

肩吾見到狂接輿,狂接輿說:「日中始對你都說了些甚麼?」

肩吾說:「他告訴我,那些做國君的,憑自己的想法制定各種法

規，人們誰敢不聽而歸從呢？」

狂接輿說：「這是虛偽騙人的做法。他這樣去治理天下，就如同在大海裏開鑿河道，讓蚊蟲背負大山一樣。聖人治理天下，難道是用法度來約束人們的外在嗎？聖人是先端正自己，而後才會感化他人，任隨人們能夠做的事情去做就是了。譬如鳥兒知道高高飛起來躲避羅網弓箭的傷害，鼷鼠知道深深藏在神壇下的洞穴中來避免煙熏挖掘的禍患，能夠說鳥和鼠是無知的嗎？」

天根在殷陽遊覽，走到蓼水岸邊，恰巧碰見無名人，便問道：「請問治理天下的辦法。」

無名人說：「走開！你這鄙陋的人，為何問這些令人不快的問題！我正要和造物者結伴遨遊，厭煩了就要乘像鳥一樣的輕盈清虛的氣流，飛出天地四方之外，暢遊於無何有之鄉，歇息於廣闊無邊的曠野。你又為甚麼用治理天下的夢話來觸動我的心呢？」

天根再次詢問，無名人說：「你的心神要安於淡漠，你的形氣要合於虛寂，順着萬物的自然本性而不摻雜私意，天下就可以大治了。」

不要承受附加的名譽，不要成為智謀的府庫，不要承擔事物的責任，不要成為智慧的主持。體悟大道，應化沒有窮盡；逍遙自在，遊於無物之初。盡享自然所賦予的本性而不自現人為的所得，這正是虛寂無為的心境！至人用心猶如明鏡，物來不迎，物去不送，物來應照，物去不留，順任自然，不存私心，所以能夠超脫物外而不為外物所傷害。

南海的帝王名叫儵，北海的帝王名叫忽，中央的帝王名叫渾沌。儵和忽時常在渾沌的境內相遇，渾沌待他們很好。儵和忽商量回報渾沌對他們的好處，說：「人們都有七竅，用來看、聽、飲食、呼吸，唯獨他沒有，我們試着給他鑿出來。」於是每天鑿出一竅，鑿到第七天渾沌就死了。

【想一想】---

莊子認為帝王應該怎麼治理天下？這體現了以莊子為代表人物之一的道家思想的哪一種觀點？

【強化訓練】--

一、將以下句子翻譯為白話文：

(1)夫聖人之治也，治外乎？正而後行，確乎能其事者而已矣。

_____

_____

_____

(2)汝遊心於淡，合氣於漠，順物自然而無容私焉，而天下治矣。

_____

_____

_____

(3)至人之用心若鏡，不將不迎，應而不藏，故能勝物而不傷。

_____

_____

_____

二、解釋以下文句中畫線的字詞：

(1)泰氏其臥徐徐，其覺于于。

_____

_____

(2)予方將與造物者為人，厭則又乘夫莽眇之鳥，以出六極之外，而遊無何有之鄉，以處壙埌之野。

_____

_____

(3)無為名尸，無為謀府，無為事任，無為知主。

_____

_____

三、解釋一下從文中擷取的成語：

(1)渾沌鑿竅：_____

(2)涉海鑿河：_____

(3)蚊虻負山：_____

駢拇

‖ 駢拇（節選）‖

【題解】

　　「駢拇」，即併生的腳趾。本篇以「道德」為正宗，以「仁義」為「駢拇」，倡導率真任性的自然之道，批評儒家的仁義之說猶如人體上的「附贅縣疣」，有違自然天性。反覆強調人的行為當合於自然，順人情之常。

　　莊子認為，人的本性出於自然，只有讓人的本性自然發揮和發展，不加任何人為的阻撓和干預，才能始終保全純真本性，才能「不失其性命之情」，而進入「無所去憂」的狀態。

　　文章先以駢拇、枝指為喻，後以伯夷、盜跖為例，痛駁仁義，呼喚人類的自然本性能夠得到復歸。

【原文】

　　駢拇枝指[1]出乎性哉，而侈[2]於德；附贅縣[3]疣出乎形哉，而侈於性；多方[4]乎仁義而用之者，列於五藏哉，而非道德之正[5]也。是故駢於足者，連無用之肉也；枝於手者，樹無用之指也；駢枝於五藏之情[6]者，淫僻[7]於仁義之行，而多方於聰明之用也。

　　是故駢於明者，亂五色，淫文章[8]，青黃黼黻之煌煌[9]非乎？而離朱[10]是已！多於聰者，亂五聲，淫六律[11]，金石絲竹、黃鐘大呂之聲非乎？而師曠[12]是已！枝於仁者，擢[13]德塞性以收名聲，使天下簧鼓[14]以奉不及之法非乎？而曾

1　**駢拇**：腳的大拇指與第二指粘連併生在一起。駢（粵 pin4 便　普 pián）。
　　枝指：手的大拇指多生出一指，成為第六指。

2　**侈**：過，多餘。

3　**縣**：通「懸」。

4　**多方**：多端，多種。

5　**正**：本然，本來的樣子。

6　**五藏之情**：指人天生的品行、慾念。藏，同「臟」。

7　**淫僻**：過分邪僻。

8　**淫文章**：沉溺於文采。

9　**黼黻**：絢麗華美的花紋。黼（粵 fu2 父　普 fǔ），黻（粵 fat1 忽　普 fú）。**煌煌**：眩目的樣子。

10　**離朱**：黃帝時人，以目力超人著稱，據說能於百步之外看見秋毫之末。

11　**五聲**：指宮、商、角、徵、羽。**六律**：指黃鐘、大呂、姑洗、蕤賓、無射、夾鐘。**金石絲竹**：泛指五類樂器。

12　**師曠**：晉平公的樂師。

13　**擢**（粵 zok6 濯　普 zhuó）：拔高。

14　**簧鼓**：吹笙鼓簧，喧嚷之意。

史 [15] 是已！駢於辯者，纍瓦結繩 [16]，竄句 [17]，遊心於堅白同異 [18] 之間，而敝跬譽 [19] 無用之言非乎？而楊墨 [20] 是已！故此皆多駢旁枝之道，非天下至正 [21] 也。

彼至正者，不失其性命之情 [22]。故合者不為駢，而枝者不為岐；長者不為有餘，短者不為不足。是故鳧脛 [23] 雖短，續之則憂；鶴脛雖長，斷之則悲。故性長非所斷，性短非所續，無所去憂也。意 [24] 仁義其非人情乎！彼仁人何其多憂也。

且夫待鈎繩規矩 [25] 而正者，是削其性者也；待繩約 [26] 膠漆而固者，是侵其德者也；屈折 [27] 禮樂，呴俞 [28] 仁義，以慰天下之心者，此失其常然 [29] 也。天下有常然。常然者，曲者不以鈎，直者不以繩，圓者不以規，方者不以矩，

15　**曾史**：孔門弟子曾參、衛靈公臣子史鰌。

16　**纍瓦結繩**：囉嗦無用之詞，連篇荒誕之言。

17　**竄句**：穿鑿古人的文句。

18　**堅白同異**：戰國時期名家的兩個重要論題。

19　**跬譽**：一時的名譽。跬（粵 kwai2 歸　普 kuǐ）。

20　**楊墨**：戰國時期思想家楊朱、墨子。

21　**至正**：至理正道，最純真的道德。

22　**情**：真情，實情。

23　**鳧脛**：野鴨的小腿。鳧（粵 fu4 符　普 fú）。

24　**意**：噫，嗟歎之聲。

25　**鈎繩規矩**：曲尺、墨線、圓規等，均為木工工具。

26　**繩約**：繩索。

27　**屈折**：屈身折體。「屈折禮樂」是舉樂行禮的形象化說法。

28　**呴俞**：愛撫。呴（粵 heoi1 虛　普 xū）。

29　**常然**：正常狀態。

附離[30]不以膠漆，約束不以纆[31]索。故天下誘然[32]皆生，而不知其所以生；同焉皆得，而不知其所以得。故古今不二，不可虧也。則仁義又奚[33]連連如膠漆纆索而遊乎道德之間為哉！使天下惑也！

且夫屬[34]其性乎仁義者，雖通如曾史，非吾所謂臧也[35]；屬其性於五味，雖通如俞兒[36]，非吾所謂臧也；屬其性乎五聲，雖通如師曠，非吾所謂聰也[37]；屬其性乎五色，雖通如離朱，非吾所謂明也[38]。吾所謂臧者，非仁義之謂也，臧於其德而已矣；吾所謂臧者，非所謂仁義之謂也，任其性命之情而已矣；吾所謂聰者，非謂其聞彼也，自聞而已矣；吾所謂明者，非謂其見彼也，自見而已矣。夫不自見而見彼，不自得而得彼者，是得人之得而不自得其得者也，適人之適而不自適其適者也[39]。夫適人之適而不自適其適，雖盜跖與伯夷，是同為淫僻也。余愧乎道德[40]，是以上不敢為仁義之操[41]，而下不敢為淫僻之行也。

30　附離：附依。離，通「麗」，依附。

31　纆（粵 mak 麥　普 mò）：即索，三股合成的繩索。

32　誘然：自然而然。

33　奚：何，為甚麼。

34　屬：從屬，連綴。

35　臧：善，好的意思。

36　俞兒：相傳為齊人，味覺靈敏，善於辨味。

37　聰：聽覺靈敏。

38　明：視覺明晰、敏銳。

39　適：安適。

40　道德：這裏指對宇宙萬物本體和事物變化運動規律的認識。

41　操：節操，操守。

[**賞析與點評**]--

　　文章把儒家提倡的仁、義、禮、智、信等倫理原則，比喻為人體上的「附贅縣疣」，即完全是多餘的東西，生動形象、毫不掩飾地表達了道家對儒家那套規範人的道德、束縛人的思想的要求和做法的嚴重不滿，也表達了對「無為」理念的堅守和對「有為」的排斥。

　　「仁義其非人情乎？」仁義之操，本出於至情至性，發自內心，但倡導日久，則成虛文，矯情偽性，違背了生命的本質，失掉了「性命之情」。莊子反對儒者將道德絕對化，認為仁義道德本應合人情順人性，倡導人情調劑之必須，方能免除人性受道德僵固化、形式化的束縛。

　　「鳧脛雖短，續之則憂；鶴脛雖長，斷之則悲」；「性長非所斷，性短非所續」。文章用一系列的排比句式，反覆闡明純正的人性就是人的自然本性，一些人所謂的「仁義」等，非但不符合人的本性，而且還會傷害人性、擾亂人性，於世無益。具體到人們的日常行事，也應注意順應自然，遵循規律，切不可自作聰明、肆意妄為，否則勢必弄巧成拙、釀成悲劇。

　　「待鈎繩規矩而正者，是削其性者也；待繩約膠漆而固者，是侵其德者也。」從字裏行間還不難看出，莊子更崇尚王道，更崇尚德治，而不贊成霸道，不贊成法治，並明確反對「屈折禮樂，呴俞仁義」等「失其常然」的做法。

　　清人劉鳳苞點評此篇：《駢拇》「掃除仁義名色，而約之於道德之塗」；「至其行文，節節相生，層層變換，如萬頃怒濤，忽起忽落，極汪洋恣肆之奇。尤妙在喻意層出疊見，映發無窮，使人目光霍霍，莫測其用意用筆之神。」

連生的腳趾與歧生的手指雖然是天生的，但是對於人的體容來說卻是多餘的；附着在人體上的肉瘤，雖然生長在人身上，但是對於天生的身體卻是多餘的；使用各種方法推行仁義，並把它匹配五臟，並非道德的本然。因而連生在腳上的，只是連接了一塊無用的肉；歧生在手上的，只是長了一個無用的指頭；節外生枝地把仁義與五臟相匹配而超出了五臟的實情的，這種實行仁義的淫僻行為，真是多方地濫用了聰明。

因而視物過度明察的，就會迷亂五色，淫濫文采，豈不像青黃相間的華麗服飾的花紋令人眩目嗎？那離朱就是這樣的人！聽覺過度靈敏的，就會混淆五聲，淫亂六律，豈不像金石絲竹各種樂器發出的像黃鐘、大呂等各種動聽的樂聲令人沉迷嗎？那師曠就是這樣的人！多餘地提倡仁義的，拔高品德，蔽塞真性，以此來沽名釣譽，豈不是讓天下人喧嚷着去奉守不可做到的禮法嗎？那曾參和史鰌就是這樣的人！過分辯解的，猶如纍瓦結繩般的堆砌語詞，穿鑿文句，馳騁心思，致力於堅白同異論題的爭論上，豈不是疲憊地誇耀自己的無用之言嗎？那楊朱和墨翟就是這樣的人！所以這些都是多餘無用之道，並非天下最純正的道德。

那天下最純正的道德，就是出自於其真實的自然本性。所以從自然而然的角度說，大拇指與第二指連生的不算連生，旁生出一指的不算是多餘；長的不算有餘，短的不算不足。所以野鴨的腿雖然短小，但給牠接上一段就會帶來痛苦；野鶴的腿雖然修長，但給牠截去一節就會帶來悲哀。所以本性是長的，就不該去截短它；本性是短的，就不該去接長它，這樣也就沒有甚麼可憂慮的了。噫，仁義它不合乎性命之情吧！那些仁義者怎麼會有那麼多的憂愁。

要用曲尺、墨線、圓規、角尺來修正事物的，這就損害了事物的本性；要用繩索、膠漆來固定事物的，這就侵害了事物的品質；那些用禮樂來周旋，用仁義來安撫，以此告慰天下人心的，這就違背了事物的自然生態。天下的事物存在着自己的自然生態。這自然生態就是，彎曲的並非使用了曲尺，筆直的並非使用了墨線，圓圓的並非使用了圓規，方方的並非使用了角尺，相合在一起的並非使用了膠漆，束縛在一起的並非使用了繩索。所以天下萬物都是自然而然的生長，卻不知道它是如何生長的；天下萬物都有所得，卻不知道它是如何取得的。所以古往今來，萬物的自然之理都是一樣的，不能夠用人為的東西去虧損自然的本性。那麼仁義又何必像膠漆繩索那樣非要擠進萬物的自然本性之中呢！這讓天下人都感到疑惑呀！

把自己的本性綴連於仁義，即使如同曾參和史鰌那樣精通，也不是我所認為的完美；把自己的本性綴連於五味，即使如同俞兒那樣精通，也不是我所認為的完善；把自己的本性綴連於五聲，即使如同師曠那樣通曉音律，也不是我所認為的聰敏；把自己的本性綴連於五色，即使如同離朱那樣通曉色彩，也不是我所認為的視覺敏銳。我所說的完美，絕不是仁義之類的東西，而是比各有所得更美好罷了；我所說的完善，絕不是所謂的仁義，而是放任天性、保持真情罷了。我所說的聰敏，不是說能聽到別人甚麼，而是指能夠內審自己罷了。我所說的視覺敏銳，不是說能看見別人甚麼，而是指能夠看清自己罷了。不能看清自己而只能看清別人，不能安於自得而向別人索求的人，這就是索求別人之所得而不能安於自己所應得的人，也就是貪圖達到別人所達到而不能安於自己所應達到的境界的人。貪圖達到別人所達到而不安於自己所應達到的境界，無論盜跖與伯夷，都同樣是滯亂邪惡的。我有愧於對宇宙萬物本體的認識和事物變化規律的理解，所以往上說我不能奉行仁義的節操，往下說我不願去做邪僻的行徑。

【想一想】--

在本文中，莊子對「仁義」這個概念持甚麼樣的態度呢？

【強化訓練】--

一、將以下句子翻譯為白話文：

(1) 駢拇枝指出乎性哉，而侈於德；附贅縣疣出乎形哉，而侈於
性；多方乎仁義而用之者，列於五藏哉，而非道德之正也。

_____

_____

_____

(2) 駢於辯者，纍瓦結繩，竄句，遊心於堅白同異之間，而敝
跬譽無用之言非乎？

_____

_____

_____

(3) 是故鳧脛雖短，續之則憂；鶴脛雖長，斷之則悲。故性長
非所斷，性短非所續，無所去憂也。

_____

_____

_____

(4) 且夫待鉤繩規矩而正者，是削其性者也；待繩約膠漆而固
者，是侵其德者也；屈折禮樂，呴俞仁義，以慰天下之心
者，此失其常然也。

_____

_____

_____

(5) 故天下誘然皆生，而不知其所以生；同焉皆得，而不知其
所以得。故古今不二，不可虧也。

———————————————————————

———————————————————————

———————————————————————

(6) 吾所謂臧者，非仁義之謂也，臧於其德而已矣；吾所謂臧
者，非所謂仁義之謂也，任其性命之情而已矣；吾所謂聰
者，非謂其聞彼也，自聞而已矣；吾所謂明者，非謂其見
彼也，自見而已矣。

———————————————————————

———————————————————————

———————————————————————

二、解釋以下文句中畫線的字詞：

(1) 多方乎仁義而用之者，列於五藏哉，而非道德之正也。

———————————————————————

(2) 是故駢於明者，亂五色，淫文章，青黃黼黻之煌煌非乎。

———————————————————————

(3) 適人之適而不自適其適者也。

———————————————————————

(4) 余愧乎道德，是以上不敢為仁義之操。

———————————————————————

馬蹄

馬蹄（節選）

【題解】

　　本篇與《駢拇》旨意相同，皆從性命上發論，皆在倡導恢復人的自然本性，進一步批評儒家的仁義學說，只不過《駢拇》是通過盡己之性批評仁義為害於身心，《馬蹄》是通過盡物之性批評仁義為害於天下。在駁斥統治者所謂「善治」的同時，宣揚了道家無為而治的政治主張。

　　文章以馬設喻，謂馬本有許多自然天性的本能，但由於伯樂施之以各種約束，致馬死過半。由馬及人，遠推所謂遠古的「至德之世」（原始社會），人與萬物並生，甚至與禽獸為伍，無知無慾，沒有君子小人之別，是謂「常然」狀態、「素樸」世界。不幸後來出現了所謂的「聖人」，並提倡仁義禮樂，本要「匡天下之行」「慰天下之心」，結果弄巧成拙，天下人自矜好詐，「爭歸於利」。字裏行間充滿了莊子對所謂「聖人」，所謂「仁義」的反感和厭惡，以及對「素樸」之世的嚮往。

【原文】---

　　馬，蹄可以踐霜雪，毛可以禦風寒。齕[1]草飲水，翹足而陸[2]，此馬之真性也。雖有義台路寢[3]，無所用之。及至伯樂，曰：「我善治馬。」燒之，剔之，刻之，雒之[4]。連之以羈馽[5]，編之以皂棧[6]，馬之死者十二三矣！飢之，渴之，馳之，驟之，整之，齊之，前有橛飾[7]之患，而後有鞭筴之威，而馬之死者已過半矣！陶者曰：「我善治埴[8]。圓者中規，方者中矩。」匠人曰：「我善治木。曲者中鈎，直者應繩。」夫埴木之性，豈欲中規矩鈎繩哉？然且世世稱之曰：「伯樂善治馬，而陶匠善治埴木。」此亦治天下者之過也。

　　吾意善治天下者不然。彼民有常性[9]，織而衣，耕而食，是謂同德[10]。一而不黨[11]，命曰天放[12]。故至德之世，其

1　齕（粵 hat6 核　普 hé）：咬，吃。

2　陸：跳躍。

3　義台：儀台，天子、諸侯行禮之台。**路寢**：正室，大殿。

4　**刻之**：鑿削馬蹄。**雒之**：用燒紅的鐵烙上火印，作為標識。雒（粵 lok3 洛　普 luò）。

5　**羈馽**：馬絡頭和牽絆馬足的繩子。馽（粵 zap1 執　普 zhí）。

6　**皂棧**：馬槽、馬棚。

7　橛（粵 gyut6 趷　普 jué）：馬的口中所銜橫木，今為馬口鐵。**飾**：馬絡頭上的裝飾物。

8　**治埴**：用黏土製作陶器。埴（粵 zik6 直　普 zhí）：黏土。

9　**常性**：真常的本性。

10　**同德**：共同的本能。

11　**一而不黨**：渾然一體而不偏私。**黨**：偏。

12　**命**：稱，名。**天放**：自然放任。

行填填，其視顛顛[13]。當是時也，山無蹊隧，澤無舟梁[14]；萬物羣生，連屬其鄉[15]；禽獸成群，草木遂長。是故禽獸可繫羈而遊，鳥鵲之巢可攀援而闚[16]。夫至德之世，同與禽獸居，族[17]與萬物並，惡乎知君子小人哉？同乎無知，其德不離[18]；同乎無慾，是謂素樸。素樸而民性得矣。

……

13　填填：質重的樣子。顛顛：形容人樸拙無心，言民之真性。

14　蹊隧：小徑和隧道。舟梁：船隻和橋樑。

15　連屬其鄉：比鄰而居。

16　闚：通「窺」，窺探、窺望。

17　族：聚集，集合。

18　其德不離：自然的本性不會喪失。

[賞析與點評]--

　　莊子藉伯樂治馬、陶者治埴、匠人治木，着意強調人為的管理與加工皆違背事物的「真性」，致使事物受到不應有的傷害。推及仁義禮樂這些「聖人」主觀人為、強加於人的東西，也是如此。

　　在先秦諸子中，儒墨道法各家都有自己理想社會的藍圖。道家的理想社會建立在無為而治的政治理念之上，與其他各家明顯不同。應該承認，理想的社會大都是和諧的社會，儒、墨、法的和諧是在對社會進行有序整理之後才產生，而道家的和諧則是未經整理的無序的和諧；其他諸家所講的和諧只限於人類社會，道家主張的卻是人與自然、人與宇宙的和諧。這是一種超越時代意義的和諧觀，直到今天，仍有重要意義。

　　莊子對「至德之世」美好圖景的描繪，表現出對「有為」社會的不滿和對「無為」社會的嚮往。莊子反對「聖人」以仁義禮樂束縛人的思想，禁錮人的自由，主張個性解放，在當時自然具有進步意義，但因主張恢復人的自然本性而嚮往愚昧無知的原始社會，嚮往原始人的生活狀態，顯然又過於憤激，並帶有嚴重的消極虛幻的局限性。

[語譯]--

　　馬蹄可以踐踏霜雪，馬毛可以抵禦風寒。馬吃草飲水，舉足跳躍，這是馬的真性情。縱使有高台大室，對馬來說也是毫無用處。後來有了伯樂，他說：「我善於馴馬。」於是用烙鐵給馬打上印記，剪除長毛，削去蹄甲，戴上籠頭。又用馬絡頭和足絆把馬拴在一

起，用繩子按順序編排在馬棚馬槽中，這樣好好的馬就有二三成死掉了！然後再讓馬餓着，渴着，驅趕着，奔跑着，進行着整齊劃一的訓練，前有馬嚼子和馬繮的束縛，後有鞭策抽打的威脅，這時馬的傷亡就已過半了！陶匠說：「我善於製作陶器。能使圓的合於規，方的合於矩。」木匠說：「我善於製作木器。能使彎的合於曲尺，直的合於墨線。」難道黏土和木材的本性一定要合於規矩繩墨嗎？然而世世代代都稱讚說：「伯樂善於養馬，而陶工木匠善於製作陶器木器。」這也是那些治理天下的人所犯的過錯啊！

　　我以為善於治理天下的人不會這樣。那人民是有不變的天性的，他們織布穿衣，耕田吃飯，這是共同的本能。彼此渾然一體，沒有偏向，可以稱為自由放任。所以，在道德昌盛的時代，人民的行為總是顯出悠閒自得、質樸拙實的樣子。在那個時候，山中沒有小徑和隧道，水上沒有船隻和橋樑；萬物共同生長，居處彼此相連；禽獸成羣結隊，草木茁壯生長。因而禽獸可以讓人牽着去遊玩，鳥鵲的窠巢可以任人攀援去窺探。在那道德昌盛的時代，人與禽獸混雜而居，與萬物聚集在一起，哪裏會有君子與小人的區別呢？人們都一樣的不用智巧，自然的本性就都不會喪失；人們都一樣的沒有貪慾，所以都純真樸實。人們都純真樸實，也就能永葆人的自然本性了。

【想一想】--

　　（1）本文中莊子以馬作為譬喻，闡述自己的思想觀點。你還能舉出其他與馬有關，講述道理的古文作品嗎？

（2）或許有些讀者已經讀過柳宗元寫的《種樹郭橐駝傳》，這篇
古文的內涵與《馬蹄》有甚麼相似之處呢？

【強化訓練】--

一、將以下句子翻譯為白話文：

(1)馬，蹄可以踐霜雪，毛可以禦風寒。齕草飲水，翹足而陸，
此馬之真性也。

_____

_____

_____

(2) 彼民有常性，織而衣，耕而食，是謂同德。一而不黨，命
曰天放。

_____

_____

_____

(3) 同乎無知，其德不離；同乎無慾，是謂素樸。素樸而民性
得矣。

_____

_____

_____

二、解釋以下文句中畫線字詞：

(1) 燒之，剔之，刻之，雒之。連之以羈馽，編之以皁棧。

_____

_____

(2) 故至德之世，其行填填，其視顛顛。

_____

_____

在宥

‖ 在宥（節選）‖

【題解】--

　　文章開宗明義，「聞在宥天下，不聞治天下也」，直接道出全篇宗旨：提倡任天下安然自在地發展，而不要加以人為的治理。

　　文章第一段就指出，堯「治天下」令人「不恬」、桀「治天下」令人「不愉」，「不恬不愉，非德也」。進而批評「三代以下」「匈匈焉，終以賞罰為事」，使人不能「安其性命之情」。提出，君子若不得已而君臨天下，也應該採取無為的態度，保證人類的自然本性得到自由自在的發展，達到無為而無不為的效果，「君子不得已而臨蒞天下，莫若無為。無為也，而後安其性命之情」。此後則藉虛構人物廣成子與黃帝對話的寓言，表達了治身先於治國的觀點，強調至道之精在於治身，而治身的要訣，是要努力保持心靜神清，不要勞累自己的身體，不要擾亂自己的精神，「必靜必清，無勞女形，無搖女精」。這表面看來好像是在講養生之道、長壽祕訣，實際上，莊子是借廣成子之口倡導無為而治的政治主張。接下來再借虛構人物鴻蒙之口，進一步告誡人們要致力於好好「養心」，不要隨意擾亂自然的常規、違背事物的真情，否則上天不會讓你有所成就，「亂天之經，逆物之情，玄天弗成」。

【原文】--

聞在宥[1]天下，不聞治[2]天下也。在之也者，恐天下之淫[3]其性也；宥之也者，恐天下之遷[4]其德也。天下不淫其性，不遷其德，有治天下者哉？昔堯之治天下也，使天下欣欣焉人樂其性，是不恬[5]也；桀之治天下也，使天下瘁瘁焉[6]人苦其性，是不愉也。夫不恬不愉，非德也；非德也而可長久者，天下無之。

人大喜邪，毗[7]於陽；大怒邪，毗於陰。陰陽並毗，四時不至，寒暑之和不成，其反傷人之形乎！使人喜怒失位，居處無常，思慮不自得，中道不成章[8]。於是乎天下始喬詰卓鷙[9]，而後有盜跖、曾、史[10]之行。故舉天下以賞其善者不足，舉天下以罰其惡者不給。故天下之大不足以賞罰。自三代以下者，匈匈焉[11]終以賞罰為事，彼何暇安其性命之情哉！

1　**在宥**：優遊自在，寬容自得。宥（粵 jau6 又　普 yòu）。

2　**治**：駕馭，治理。

3　**淫**：擾亂。

4　**遷**：遷移，改變。

5　**恬**：寧靜。

6　**瘁瘁焉**：身勞神疲的樣子。瘁（粵 seoi6 萃　普 cuì）。

7　**毗**（粵 pei4 皮　普 pí）：損傷。

8　**章**：章法，法度。

9　**喬詰**：狡黠詐偽。**卓鷙**：卓爾不羣。鷙（粵 zi3 質　普 zhì）。喬詰卓鷙泛指世上出現的種種不平、不和諧之事。

10　**盜跖**：柳下跖，傳說是春秋時期的大盜。**曾、史**：曾參、史鰌，以仁孝聞名於世的賢人。

11　**匈匈焉**：即「訩訩焉」，喧囂吵嚷的樣子。

而且說[12]明邪，是淫[13]於色也；說聰邪，是淫於聲也；說仁邪，是亂於德也；說義邪，是悖於理也；說禮邪，是相[14]於技也；說樂邪，是相於淫也；說聖邪，是相於藝[15]也；說知邪，是相於疵[16]也。天下將安其性命之情，之八者，存可也，亡可也。天下將不安其性命之情，之八者，乃始臠卷獊囊[17]而亂天下也。而天下乃始尊之惜之。甚矣，天下之惑也！豈直過[18]也而去之邪！乃齊戒以言之，跪坐以進之，鼓歌以儛之。吾若是何哉！

故君子不得已而臨莅天下[19]，莫若無為。無為也，而後安其性命之情。故曰：貴以身於為天下，則可以託天下；愛以身於為天下，則可以寄天下。故君子苟能無解其五藏[20]，無擢其聰明[21]，尸居而龍見[22]，淵默而雷聲[23]，神動而天隨，從容無為，而萬物炊累[24]焉。吾又何暇治天下哉！

12　說：即「悅」，喜悅。

13　淫：沉溺，為之所迷亂。

14　相：助。技：技巧，這裏指熟悉禮儀。

15　藝：才能。

16　疵：毛病，這裏指辨別細小的是非。

17　臠卷：蜷曲不舒展的樣子。臠（粵 lyun5 戀　普 luán）。獊囊：擾攘紛爭的樣子。獊（粵 cong1 創　普 cāng）。

18　直：止，僅僅。過：經過。

19　臨莅天下：意指來到從政的地位而治理天下。莅（粵 lei6 利　普 lì）。

20　五藏：五臟。「無解五藏」即不破壞五臟而傷害真性。

21　擢：拔，提升，引申為有意顯露。

22　尸：一動不動的樣子。龍：精神騰飛的樣子。見：顯現。

23　淵默：像深淵那麼默默深沉。雷聲：撼人之力就像雷聲隆隆。

24　炊：炊煙。累：游動的塵埃。

　　黃帝立為天子十九年，令行天下，聞廣成子在於空同之山[25]，故往見之，曰：「我聞吾子達於至道，敢問至道之精。吾欲取天地之精[26]，以佐五穀，以養民人。吾又欲官陰陽[27]，以遂羣生，為之奈何？」

　　廣成子曰：「而[28]所欲問者，物之質[29]也；而所欲官者，物之殘也。自而治天下，雲氣不待族[30]而雨，草木不待黃而落，日月之光益以荒矣，而佞人之心翦翦[31]者，又奚足以語至道！」

　　黃帝退，捐[32]天下，築特室，席白茅，閒居三月，復往邀之。

　　廣成子南首而臥，黃帝順下風[33]，膝行而進，再拜稽首而問曰：「聞吾子達於至道，敢問治身，奈何而可以長久？」

　　廣成子蹷然而起，曰：「善哉問乎！來，吾語女至道。至道之精，窈窈冥冥[34]；至道之極，昏昏默默[35]。無視無

25　**廣成子**：虛構的寓言人物，比喻體會自然無為之道的人。**空同之山**：杜撰的地名。

26　**天地之精**：天地自然的精氣。

27　**官陰陽**：調和陰陽。官：管理、治理。

28　**而**：汝，你。

29　**質**：原質，真質。

30　**族**：聚。

31　**翦翦**：淺淺，淺薄陋狹的樣子。翦（粵 zin2 展　普 jiǎn）。

32　**捐**：拋棄。

33　**順下風**：順下方。

34　**窈窈冥冥**：深遠暗昧。窈（粵 jiu2 要　普 yǎo）：微不可見。冥：深不可測。

35　**昏昏默默**：比喻深靜。

聽，抱神以靜，形將自正。必靜必清，無勞女形，無搖女精，乃可以長生。目無所見，耳無所聞，心無所知，女神將守形，形乃長生。慎女內，閉女外[36]，多知為敗。我為女遂於大明[37]之上矣，至彼至陽之原也；為女入於窈冥之門矣，至彼至陰之原也。天地有官[38]，陰陽有藏[39]。慎守女身，物將自壯。我守其一，以處其和，故我修身千二百歲矣，吾形未常衰。」

黃帝再拜稽首曰：「廣成子之謂天矣！」

廣成子曰：「來！余語女：彼其物[40]無窮，而人皆以為有終；彼其物無測，而人皆以為有極。得吾道者，上為皇而下為王；失吾道者，上見光而下為土[41]。今夫百昌[42]皆生於土而反於土。故余將去女，入無窮之門，以遊無極之野。吾與日月參光，吾與天地為常。當我緡乎，遠我昏乎[43]！人其盡死，而我獨存乎！」

雲將[44]東遊，過扶搖之枝而適遭鴻蒙[45]。鴻蒙方將拊

36　**慎女內，閉女外**：不動其心，不使外物得以動吾心。女：同「汝」，你。

37　**大明**：指太陽。

38　**天地有官**：天地各官其官。官：職。

39　**陰陽有藏**：陰陽各居其所。藏：府。

40　**彼其物**：指「道」而言。

41　**上見光而下為土**：指上見日月之光，下則化為土壤。

42　**百昌**：百物昌盛。

43　**當我**：迎我而來。**遠我**：背我而去。**緡**（粵 fan1 紛　普 hūn）：混合。「緡」「昏」，均無心之謂。

44　**雲將**：虛構的人物。

45　**扶搖**：神木。**鴻蒙**：虛構的人物。

脾[46] 雀躍而遊。雲將見之，倘然[47] 止，贄然[48] 立，曰：「叟何人邪？叟何為此？」

鴻蒙拊脾雀躍不輟[49]，對雲將曰：「遊！」

雲將曰：「朕[50] 願有問也。」

鴻蒙仰而視雲將曰：「吁！」

雲將曰：「天氣不和，地氣鬱結，六氣不調，四時不節[51]。今我願合六氣之精以育羣生，為之奈何？」

鴻蒙拊脾雀躍掉頭曰：「吾弗知！吾弗知！」

雲將不得問。

又三年，東遊，過有宋之野，而適遭鴻蒙。雲將大喜，行趨而進曰：「天[52] 忘朕邪？天忘朕邪？」再拜稽首，願聞於鴻蒙。

鴻蒙曰：「浮遊不知所求，猖狂[53] 不知所往，遊者鞅掌[54]，以觀無妄[55]。朕又何知！」

雲將曰：「朕也自以為猖狂，而民隨予所往；朕也不

46　拊（粵 fu2 府　普 fǔ）：拍擊。**脾**：當作「髀」，大腿。

47　倘然：驚疑的樣子。

48　贄然：站立不動的樣子。贄（粵 zi3 質　普 zhì）。

49　輟：停止。

50　朕：我。

51　不節：不合節令。

52　天：指鴻蒙，敬如上天的意思。

53　猖狂：漫不經心地隨意活動。

54　鞅掌：眾多、紛紛攘攘的樣子。

55　妄：虛妄不實。「無妄」即真實，現實的存在。

得已於民，今則民之放 [56] 也！願聞一言。」

鴻蒙曰：「亂天之經 [57]，逆物之情，玄天 [58] 弗成，解獸之羣而鳥皆夜鳴，災及草木，禍及止蟲 [59]。意（yī）！治人之過也。」

雲將曰：「然則吾奈何？」

鴻蒙曰：「意！毒 [60] 哉！仙仙乎歸矣！」

雲將曰：「吾遇天難，願聞一言。」

鴻蒙曰：「意！心養 [61]！汝徒 [62] 處無為，而物自化。黜爾形體，吐 [63] 爾聰明，倫 [64] 與物忘，大同乎涬溟 [65]。解心釋神，莫然 [66] 無魂。萬物云云 [67]，各復其根 [68]，各復其根而不知 [69]。渾渾沌沌 [70]，終身不離。若彼知之，乃是離之。無問其名，無窺其情，物固自生。」

56　放：依，仿效。

57　經：本指織物上的縱線，引申為常規，正常序列的意思。

58　玄天：即上天。

59　止蟲：昆蟲。一說「止（粵 zi6 自　普 zhǐ）」是「豸」的意思，「止蟲」即豸蟲。

60　毒：受毒害太深的意思。

61　心養：即養心，摒棄思慮，清心寧神。

62　徒：只。

63　吐：當是「咄」字之訛，「咄」與「黜」同，廢棄的意思。

64　倫：通「淪」，淪沒，跟外物混合而一併忘卻。

65　涬溟：混混茫茫的自然之氣。涬（粵 hang6 幸　普 xìng）。

66　莫然：即漠然，像死灰一樣沒有感知的樣子。

67　云云：眾多的樣子。

68　根：指固有的真性。

69　知：感知。

70　渾渾沌沌：各任自然，渾然無知，保持自然真性的狀態。

　　雲將曰：「天降[71]朕以德，示朕以默[72]。躬身求之，乃今也得。」再拜稽首，起辭而行。

71　降：這裏是傳授、教誨的意思。

72　默：同「養心」義，即清心寧神。

【賞析與點評】--

　　在道家看來，人心與天地萬物相同，都有自己的自然本性，無智慧機巧，無善惡之分，自由發揮着自己的生命力、創造力。要使天下和諧有序，最好的辦法就是不去作人為干涉，讓萬事萬物都「在之」「宥之」，令其自由發展；「在宥」天下，才能保全人的本性，人人「不淫其性，不遷其德」，自然也就無需有為而治了。無論仁政、暴政，道家認為都不符合人類社會的發展規律，只有順應天道，清靜無為，才是人間正道。開篇「聞在宥天下，不聞治天下」一小段，充分體現了道家的「無為」理念。

　　「人大喜邪，毗於陽；大怒邪，毗於陰。陰陽並毗，四時不至，寒暑之和不成，其反傷人之形乎！使人喜怒失位，居處無常，思慮不自得，中道不成章。」這段話提醒人們，喜怒過度，就會導致陰陽失調，影響到人的身心健康，就會百事無成，甚至會敗壞社會風氣。因此，不管遇到甚麼情況，大家都要學會控制自己的情緒。

　　「至道之精，窈窈冥冥；至道之極，昏昏默默。無視無聽，抱神以靜，形將自正。必靜必清，無勞女形，無搖女精，乃可以長生。」最高境界的「道」雖然深不可測，但我們自己只要做到了氣定神閒，心安神靜，不傷身，不費神，自然有望健康長壽。這種清靜無為的養生理念，對後世影響深遠，至今仍有積極正面的借鑒意義。

【語譯】--

　　只聽說任天下人自由自在生活的，沒有聽說要治理天下百姓的。所以要任由百姓自由自在的生活，是怕他們喪失了本性；所以

要讓百姓能夠寬鬆安適，是怕他們改變純樸的德性。天下之人都不喪失本性，不改變德性，哪裏還用治理天下呢！從前堯治理天下時，讓人欣喜若狂、快樂不已，這就不寧靜了；桀治理天下時，使人疲於奔命、痛苦不堪，這就不愉快了。讓天下之人不寧靜不愉快，這並不是人的自然本性。違背人的自然本性而可以長久的，這是天下沒有的事情。

人若過於歡樂，就會傷害陽氣；人若過於憤怒，就會傷害陰氣。陰陽二氣都受到了傷害，四時的節氣不按時而至，寒暑的交替失去調和，這不反過來要傷害到人體嗎！使人喜怒無常，居無定所，思慮不安，中和之道遭到破壞。於是天下開始出現了自大、責備、高傲、兇猛等等不和諧的現象，而後也就產生了盜跖、曾參、史鰌等人不同的行為。因此使用全天下的力量來獎賞善舉，也還是不夠；使用全天下的力量來懲罰惡行，也還是不夠。所以天下之大，卻不足以處理獎善罰惡的事。自從三代以後，那些國君們喧嘩着競相以賞善罰惡為能事，他們哪裏還有時間顧及到安定百姓的自然本性呢！

再說你喜歡目明嗎？那勢必要沉溺於美色之中；你喜歡耳聰嗎？那勢必要沉溺於樂聲之中；你喜歡仁嗎？那勢必要擾亂自然的天性；你喜歡義嗎？那勢必要違背自然的天理；你喜歡禮嗎？那勢必要助長繁瑣的伎倆；你喜歡音樂嗎？那勢必要助長淫蕩的滋長；你喜歡聖智嗎？那勢必要助長技藝的氾濫；你喜歡智慧嗎？那勢必要助長糾纏是非的弊病。如果天下之人都保持自己的自然本性，這八個方面有也可以，沒有也可以。如果天下之人都不安於自己的自然本性，這八個方面就會使人拘束不伸和喧鬧張揚而擾亂天下。而天下之人卻尊重它們，珍惜它們，天下之人真是太糊塗了！這些人豈止只是一時的尊重珍惜，而過後便丟棄呢！他們竟然齋戒後才敢談論它，

行跪拜禮去傳授它，載歌載舞去宣揚它。對待這種情況，我又能怎麼樣呢？

所以君子不得已而治理天下的時候，最好是無為而治。只有做到無為，而後才能使天下人的自然本性得到安寧。所以說把自身看得比天下還重的人，才可以把天下託付給他；珍愛自身甚於珍愛天下的人，才可以把天下寄託給他。所以，君子如果能夠不破壞五臟而傷害真性，能夠不顯耀自己的聰明才智，安然不動而生機勃勃，沉靜如淵而蘊藏着雷鳴般的聲音，精神活動處處合乎自然，從容自在，無所作為，萬物的活動就像炊氣自然積累而飄升一樣，我又何必多此一舉去治理天下呢！

黃帝做了十九年的天子，政令通行天下，聽說廣成子住在空同山上，便特地去見他，對他說：「我聽說先生明達至道，請問至道的精髓是甚麼？我想取用天地的精華來幫助五穀成熟，用來養育人民。我還想掌管陰陽二氣的變化，以順應萬物的生長，這應該如何去做呢？」

廣成子說：「你所想問的問題，是大道的精華；而你所想要管理的，卻是大道的殘渣。自從你治理天下以來，雲氣還沒有聚集起來就下雨，草木還沒有到枯黃季節就凋零，太陽和月亮的光輝越來越暗淡，而像你這樣的讒佞之人，心境淺薄狹小，又怎麼能夠同你談論至道呢！」

黃帝回去後，拋棄天下政事不管，修築了一間別室，鋪墊上白茅，閒居了三個月，這才再次去請教廣成子。

廣成子頭朝南躺臥着，黃帝從下風處，用膝蓋跪地行走，來到廣成子面前，再次叩頭行禮，然後問道：「聽說先生明達至道，冒昧地請問，如何修心養性，才可以使生命長久？」

廣成子迅速地坐起來，說道：「問得好！過來，我告訴你甚麼是至道。至道的精粹，幽冥深遠；至道的精微，靜默無聲。不要外視，不要外聽，靜守精神，身體會自然康寧純正。內心一定要清淨寧靜，不要勞累你的身體，不要搖盪你的精神，這樣才可以長生不老。眼睛不見多餘的東西，耳朵不聽多餘的聲音，內心不要多餘的考慮，讓你的精神守護着身體，身體就可以長壽健康。讓你的內心保持虛靜，閉塞你的耳目以免外來的干擾，知道的太多則會敗壞你的修道。我幫助你達到大明的境界，領略至陽的本原；幫助你進入深邃幽冥的門戶，領略至陰的本原。天地各有自己的主宰，陰陽各有自己的居所。謹慎地守住自身的心性，大道的修養自然會日趨強壯。我固守這一貫的大道，保持體內陰陽二氣的和諧，所以我修身雖有一千二百年了，而我的身體至今健康不衰。」

黃帝再次叩頭禮拜，說：「廣成子可以說是與天合德了。」

廣成子說：「來！我告訴你：大道是無窮無盡的，而人們卻都認為它有終止；大道是高深不測的，而人們卻都認為它有極限。得到我所說的大道的，隨着世緣在上可以為皇，在下可以為王；喪失我所說的大道的，在上只能見到日月之光，在下只能化為塵土。猶如當今萬物生長都源於土而又返歸於土一樣。所以我將離開你，進入無窮盡的大道之門，逍遙於廣漠無極的境地。我與日月同光輝，我與天地共永恆。迎着我來的，我無意它的來；背着我去的，我無意它的去。人們來來去去而不免於死，而我獨存啊！」

　　雲將到東方去遊歷，經過神木的旁邊，正巧遇上了鴻蒙。鴻蒙
正在拍打着大腿，像鳥雀一樣跳躍着，準備出發去遨遊。雲將看到
這個情景，驚疑地停下腳步，恭敬地拱身站在那裏，問道：「老先生
是甚麼人呀，為何這樣歡喜雀躍呢？」

　　鴻蒙仍舊拍着腿跳躍不停，對雲將說：「去遨遊！」

　　雲將說：「我有個問題想問一問。」

　　鴻蒙仰起頭看了看雲將，說道：「唉！」

　　雲將說：「天氣不調和，地氣鬱結不暢通，六氣失調，四時失
序。現在我打算調和六氣的精華來養育萬物，應當怎樣去做呢？」

　　鴻蒙拍着腿跳躍着，轉過頭來說：「我不知道！我不知道！」

　　雲將得不到回答。

　　又過了三年，雲將再次東遊，經過宋國的原野，恰巧遇見了鴻
蒙。雲將非常高興，快步向前，說道：「您忘了我嗎？您忘了我嗎？」
再次叩頭跪拜，希望聽到鴻蒙的指教。

　　鴻蒙說：「隨意漂泊於世，無所貪求；隨心所欲，自由奔放，不
知所往；在無拘無束、無心無意的漫遊中，來觀察萬物的本來面目。
此外，我又知道些甚麼呢！」

　　雲將說：「我原來也是很想自由自在地隨意遊蕩的，而百姓卻總

是跟着我前往;我也是沒辦法才去君臨天下的,現在卻成為了百姓的依靠!希望聽到您的忠告。」

鴻蒙說:「擾亂了自然的規律,違背了萬物的本性,蒼天就不會讓你成功,而羣獸也會離散,禽鳥也因驚嚇而夜鳴,災難降臨草木,禍害殃及昆蟲。唉!這都是治理人的過錯。」

雲將說:「那麼我將怎麼辦呢?」

鴻蒙說:「唉!你中毒太深了!我要飄揚凌空而去了!」

雲將說:「我能遇見您很是難得,希望您多加指點。」

鴻蒙說:「唉!那就養心吧!你只要處心無為,而那萬物將會自然化生。廢棄你的形體,拋掉你的聰明,物我俱忘,與自然之氣混同如一。解開心靈上的束縛,釋放精神上的重負,漠然無知無覺,猶如死灰枯木。萬物紛紜眾多,往來生滅,各自歸於自然的本性。這種生滅復歸的過程,本是全然不知不覺的自化過程。渾然無知而不用心機,才能終身不離自然的本性。假如萬物有心追求復歸自然本性,本身就是離開了自然本性。不要詢求萬物的稱謂,不要窺探萬物的真情,萬物本是自然而然的化生。」

雲將說:「先生賜予我天德,教導我以靜默無為求道。由於我親身追求,現在終於有所收穫。」一再叩頭行禮,而後起身告辭離去。

【想一想】--

　　莊子在這一篇章中，對治國和養身之道有甚麼看法？

【強化訓練】--

一、將以下句子翻譯為白話文：

(1) 昔堯之治天下也，使天下欣欣焉人樂其性，是不恬也；桀之治天下也，使天下瘁瘁焉人苦其性，是不愉也。夫不恬不愉，非德也；非德也而可長久者，天下無之。

_____

_____

_____

(2) 貴以身於為天下，則可以託天下；愛以身於為天下，則可以寄天下。

_____

_____

_____

(3) 至道之精，窈窈冥冥；至道之極，昏昏默默。無視無聽，抱神以靜，形將自正。

_____

_____

_____

(4) 浮遊不知所求，倡狂不知所往，遊者鞅掌，以觀無妄。

_____

_____

_____

(5)汝徒處無為，而物自化。墮爾形體，吐爾聰明，倫與物忘，
　　大同乎涬溟。

_____

_____

_____

二、解釋以下文句中畫線的字詞：

(1)而且說明邪，是淫於色也；……說禮邪，是相於技也；說
　　樂邪，是相於淫也；說聖邪，是相於藝也；說知邪，是相
　　於疵也。

_____

_____

(2)尸居而龍見，淵默而雷聲

_____

_____

(3)萬物云云，各復其根，各復其根而不知。

_____

_____

(4)雲氣不待族而雨，草木不待黃而落，日月之光益以荒矣，
　　而佞人之心翦翦者，又奚足以語至道！

_____

_____

三、解釋文中提煉的成語：

(1)窈窈冥冥：_____

(2)歡呼雀躍：_____

外篇選讀

秋水

秋水（節選）

【題解】--

　　《秋水》篇運用《齊物論》中的觀點，反覆論證萬物之大與小、是與非的無限相對性和人生貴賤、榮辱的極端無常，旨在勸人去偽還真、順應自然，不為追逐名利等而傷害天然本性。

　　文章可以分為前後兩大部分，前一部分為海神（北海若）與河神（河伯）的對話，算是總論，七問七答，分別就關於大小多少的自我判斷、時空的無窮與事物變化的不定性等，作了生動形象的討論；後一部分可視為分論，通過看似不相關聯的六則寓言故事，分別對總論作了進一步的詮釋。篇末所寫莊子與惠施濠梁觀魚的故事，更是家喻戶曉，盡人皆知，「子非我，安知我不知魚之樂？」這樣的名句，千百年來，一直被人們反覆品讀、仔細玩味。

　　這裏選取總論部分的第一篇對話和分論中末尾的幾節文字，進行閱讀和賞析。

　　出自本篇的著名成語有「望洋興歎」「大方之家」「見笑大方」「一日千里」「井蛙之見」「以管窺天」「邯鄲學步」等。

【原文】--

　　秋水時至[1]，百川灌河。涇流[2]之大，兩涘渚崖[3]之間，不辯牛馬。於是焉河伯[4]欣然自喜，以天下之美為盡在己。順流而東行，至於北海，東面而視，不見水端。於是焉河伯始旋[5]其面目，望洋向若[6]而歎曰：「野語[7]有之曰：『聞道百，以為莫己若[8]者。』我之謂也。且夫我嘗聞少仲尼之聞而輕伯夷之義者，始吾弗信。今我睹子之難窮也[9]，吾非至於子之門則殆矣，吾長[10]見笑於大方之家。」

　　北海若曰：「井蛙不可以語於海者，拘於虛[11]也；夏蟲不可以語於冰者，篤[12]於時也；曲士[13]不可以語於道者，束於教[14]也。今爾出於崖涘[15]，觀於大海，乃知爾醜[16]，爾

1　**時至**：應時令而至。

2　**涇流**：水流。

3　**兩涘**：兩岸。涘（粵 zi6 寺　普 sì）。**渚崖**：河中小洲的邊沿。

4　**河伯**：河神。

5　**旋**：改變。

6　**望洋**：抬頭遠視。**若**：海神北海若。

7　**野語**：俗話。

8　**莫己若**：莫若己，比不上自己，不如自己。

9　**子**：您，指北海若，指大海。**窮**：窮盡。

10　**長**：長久。

11　**虛**：通「墟」。

12　**篤**：專守，引申為拘限。

13　**曲士**：見識短淺之人。

14　**教**：指不合大道的俗學俗教。

15　**崖涘**：指黃河。

16　**醜**：指思想境界的淺陋。

將可與語大理矣。天下之水，莫大於海，萬川歸之，不知何時止而不盈，尾閭 [17] 泄之，不知何時已而不虛 [18]；春秋不變，水旱不知。此其過江河之流，不可為量數 [19]。而吾未嘗以此自多者，自以比形於天地，而受氣於陰陽，吾在於天地之間，猶小石小木之在大山也。方存乎見小，又奚以自多！計四海之在天地之間也，不似礨空 [20] 之在大澤乎？計中國之在海內，不似稊 [21] 米之在大倉乎？號物之數謂之萬，人處一焉。人卒 [22] 九州，穀食之所生，舟車之所通，人處一焉。此其比萬物也，不似豪末 [23] 之在於馬體乎？五帝之所連，三王之所爭，仁人之所憂，任士 [24] 之所勞，盡此矣！伯夷辭之以為名，仲尼語之以為博，此其自多也，不似爾向 [25] 之自多於水乎？」

……

莊子釣於濮水 [26]。楚王使大夫二人往先焉 [27]，曰：「願以境內累矣 [28]！」

17　**尾閭**：排泄海水之處，海的出口。

18　**已**：停止。**不虛**：不會乾涸。

19　**量數**：估計，計算。

20　**礨空**：小洞穴。礨（粵 leoi5 累　普 lěi）。

21　**稊**（粵 tai4 提　普 tí）：一種小草，果實像小米。

22　**卒**：萃，聚居。

23　**豪末**：毫末，喻微不足道。

24　**任士**：以天下為己任的賢能之士。

25　**向**：從前。

26　**濮水**：水名，疑在在今河南省濮陽境內。

27　**楚王**：楚威王。**往先**：往見之，先道此意。

28　**境內**：國內，指國家政務。**累**：託付某人做某事，讓其受累。

莊子持竿不顧，曰：「吾聞楚有神龜，死已三千歲矣。王巾笥²⁹而藏之廟堂之上。此龜者，寧其死為留骨而貴乎？寧其生而曳尾於塗中³⁰乎？」

二大夫曰：「寧生而曳尾塗中。」

莊子曰：「往矣！吾將曳尾於塗中。」

惠子相梁，莊子往見之。或謂惠子曰：「莊子來，欲代子相。」於是惠子恐，搜於國中三日三夜。

莊子往見之，曰：「南方有鳥，其名為鵷鶵³¹，子知之乎？夫鵷鶵發於南海而飛於北海，非梧桐不止³²，非練實³³不食，非醴泉³⁴不飲。於是鴟得腐鼠³⁵，鵷過之，仰而視之曰：『嚇！』今子欲以子之梁國而嚇我邪？」

莊子與惠子遊於濠梁³⁶之上。莊子曰：「儵魚³⁷出游從容，是魚之樂也。」

惠子曰：「子非魚，安知魚之樂？」

莊子曰：「子非我，安知我不知魚之樂？」

29　**巾笥**：指布巾竹箱。笥（粵 zi6 寺　普 sì）。

30　**曳**：拖。**塗**：泥。

31　**鵷鶵**：傳說中的一種神鳥，莊子以之自喻。鵷（粵 jyun1 冤　普 yuān），鶵（粵 co4 雛　普 chú）。

32　**止**：棲息。

33　**練實**：竹子的果實。

34　**醴泉**：甘美如醴的泉水。醴（粵 lai5 禮　普 lǐ）。

35　**鴟**（粵 ci1 次　普 chī）：貓頭鷹，意指惠施。**腐鼠**：腐臭的老鼠，意指相位。

36　**濠**（粵 hou4 號　普 háo）：即濠水，河名，在今安徽省鳳陽縣境內。**梁**：橋。

37　**儵魚**：白魚。儵（粵 jau4 油　普 tiáo）。

　　惠子曰：「我非子，固³⁸不知子矣；子固非魚也，子之不知魚之樂，全矣³⁹！」

　　莊子曰：「請循其本⁴⁰。子曰『汝安知魚樂』云者，既已知吾知之而問我。我知之濠上也。」

38　**固**：本來。

39　**全矣**：完全如此。

40　**循**：尋，追溯。**本**：始源。

【 賞析與點評 】---

　　在《秋水》篇中，莊子將四海置於天地之間，將中國放入四海之內，將人類歸於萬物、個人融入大眾，承繼《齊物論》中相對論的觀點，取消一切對立差別，無大無小，無貴無賤，忘生忘死，如入化境。這種「物我齊一」的思想雖有相對主義的局限，但總體來看，由於莊子能夠把事理的無窮性與人類認識的相對性、宇宙的無限性與具體事物的局限性進行對照分析，顯示出他對於絕對與相對、無限與有限的辯證關係的理解具有高度的靈活性，這對於人們突破認識的局限性，從而領悟到茫茫宇宙的無限廣大，無疑很有幫助。

　　河伯望洋興歎、見笑方家的故事，從「大」字上立論，說明一切所謂極大之物其實都不足以稱為大。這裏強調的是人的見識、認識始終都有很大的局限性。故事本身不免淺陋，但至今仍有借鑒意義，它提醒我們任何時候都要記得河外有海、天外有天，始終不可以驕傲自滿、自大自足，否則就很難取得進步。一個學生在一個班級中可能成績很好，名列前茅，但放到全校就未必了，也許排名就十分靠後了，放到全港、全國，就更難講了；一個科學工作者取得的科研成果，在本地也許真的很厲害，一放到國際上，可能甚麼都不是了。所以，大家千萬不要被一時一地有限的認識所局限，而只有不斷地突破自我，增長見識，提高認識，才能夠不斷取得新的進步。

　　「惠子相梁」的故事也很有借鑒意義。故事一方面表現了莊子鄙視名利的態度，另一方面更是在提醒人們，與人交往、相處一定不要以小人之心度君子之腹。莊子去見惠施不過是朋友之間一次尋常的拜訪，但惠施身邊的小人卻挑撥離間、無事生非，說莊子想要取代惠施的相位，而惠施又果然中計，致使國中雞犬不寧。小人借助權力製造矛盾、上演慘劇，歷代多有，可謂教訓深刻。小人固然可

惡，但主事者個人是否保持清醒的頭腦、能否做出理性判斷更加重要，千萬不可自己首先就缺乏自信，或存有嫉妒等小人之心。

末段是莊子和惠子濠梁觀魚的故事，讀此故事，我們不但能夠進一步了解道家「物我齊一」的主張，更能從「子非魚，安知魚之樂」「子非我，安知我不知魚之樂」這樣的精彩辯論中，學懂一點如何通過復歸人性的本真去更好地感悟世事的道理，努力增強現實生活中正確認識和處理不同人羣之間相互關係的實際能力。成人和小孩子，城裏人和鄉下人，男人和女人，富人和窮人，其實都是各有各的難處，各有各的歡樂，每個人都不應當僅僅從自己的角度揣度他人是否痛苦、是否快樂，而應該嘗試多從其他角度去理解對方，從而實現有效溝通，互相幫助，共同提升。

在寫作筆法、文字風格方面，《秋水》篇也頗有值得稱道之處，歷來為文論家所激賞讚歎。清人劉鳳苞稱其「體大思精，文情恣肆」「有氣蒸雲夢、波撼岳陽之勢」；文章「尤妙在濠梁觀魚一段，從寓意中顯出一片真境，絕頂文心原只在尋常物理上體會得來」。「惠子相梁」一節，莊子以鵷鶵自比，以貓頭鷹比喻惠施，以腐鼠比喻相位，這種比喻手法在其他各處也是隨時應用，對後世影響極大。

【語譯】--

秋雨按時而降，大小溪水都灌入了黃河。水流浩大寬廣，兩岸及河中水洲之間，連牛馬都不能分辨。於是乎河伯欣然自得，以為天下的盛美都集中在自己身上了。它順着水流向東前進，到達了北海，面向東方望去，不見大海的盡頭。於是乎河伯這才改變自得的

態度，仰起頭對着海神若，感歎說：「俗話說：『聽了很多道理，總覺得都不如自己高明。』說的就是我這種人啊。而且我還曾經聽說過有人認為孔子的見聞很少和輕視伯夷氣節的話，當初我還不信。現在我親眼目睹了你那望不到邊的海水，難以窮盡，我若不是來到你的門前，那就危險了，我將永遠被得道的人譏笑。」

北海若說：「對於井中之蛙不能和牠談論大海，這是由於牠局限在井中很小的地方；對於夏生秋死的昆蟲不能和牠談論結冰的事情，這是由於牠的生命局限在很短的時間；對於淺陋偏執人士不能和他談論大道，這是由於他被世俗之學所束縛。現在你從河岸走了出來，看到了大海，方知你自己的孤陋寡聞，這就可以同你談論大道了。天下的水域，沒有比海更廣大了，千萬條江河之水歸入這裏，不知何時休止，但大海從來未見滿溢；海水從尾閭地方排泄，不知道甚麼時候停止，然而大海不會空虛；不論春秋季節的更替，大海不會有所變化；不論水災旱災的降臨，大海全然不受影響。它的蓄水之多遠遠超過江河的水流，根本無法計量。對此，我卻從來沒有感到自滿，自認為寄託形體於天地，稟受元氣於陰陽，我在天地之間，猶如一塊小石頭、一根小樹枝放在泰山上一樣。正存有自以為渺小的想法，哪裏還會感到自大自滿呢！計量四海在天地之間所佔的分量，不就像在大澤中的一個蟻窩嗎？計量中國在四海之內所佔的分量，不就像在大糧倉中的一粒小米嗎？物類名稱的數目有萬種之多，而人類只是其中的一種。人類聚居於九州，凡是糧食所生長的地方，舟車所通行的地方，都有人類，而個人只是人類中的一分子。這樣說來，一個人與萬物相比，不就像毫毛之末長在馬身上那樣微不足道嗎？諸如五帝的相繼禪位，三王的互相爭位，仁人為天下安危而憂慮，實幹家為治理天下而操勞，都如毫末一樣微不足道。伯夷辭讓王位以此取得聲名，孔子遊說以此顯示淵博，他們的自滿，不就像剛才你對於河水的自滿一樣嗎？」

莊子在濮水垂釣。楚威王派遣了兩位大夫先去試探莊子的心意，說：「大王願意把國內的政務委託給先生。」

莊子頭也不回，仍然拿着魚竿釣魚，說：「我聽說楚國有一隻神龜，已經死了三千年了。國王把牠用絲巾包起來，安放在竹箱裏，珍藏在廟堂中。請問這隻龜，寧可死了留下一把骨頭讓人敬重呢，還是願意活着而拖着尾巴在泥巴裏爬呢？」

兩位大夫說：「寧願活着而拖着尾巴在泥巴裏爬。」

莊子說：「你們走吧！我也是願意拖着尾巴在泥巴裏爬。」

惠子做了梁國的宰相，莊子去看望他。有人對惠子說：「莊子過來，是想取代你當宰相。」於是惠子十分恐懼，在國都中連續尋找莊子三天三夜。

莊子前往去見惠子，說：「南方有一種鳥，名叫鵷鶵，你知道嗎？這鵷鶵從南海起飛，一直飛到北海，不是梧桐樹牠不棲息，不是竹子的果實牠不食用，不是甜美的泉水牠不飲用。這時有一隻貓頭鷹得到了一隻腐爛的老鼠，剛好鵷鶵從上空飛過。貓頭鷹仰起頭，望着鵷鶵，唯恐失掉腐鼠，大聲怒斥道：『嚇！』現在你想用你的梁國來怒斥我吧？」

莊子與惠子在濠水橋上遊玩。莊子說：「鯈魚游來游去，從容自在，這是魚的快樂。」

惠子說：「你不是魚，怎麼會知道魚的快樂？」

莊子說：「你不是我，怎麼會知道我不知道魚的快樂？」

惠子說：「我不是你，固然不知道你的想法；你原本也不是魚，你也不知道魚的快樂，這就完整準確了！」

莊子說：「請回到你原來問我的話，你說的『你怎麼會知道魚的快樂』這句話，說明你已經知道我知道魚的快樂才來問我的。現在我來告訴你吧，我是在濠水橋上知道的。」

【想一想】--

（1）河伯與北海若的對話，如果套用到日常學習中，對我們有甚麼樣的啟迪呢？

（2）莊子以楚國神龜的寓言回絕做官，表達了他甚麼樣的思想？

【強化訓練】--

一、將以下句子翻譯為白話文：

(1) 且夫我嘗聞少仲尼之聞而輕伯夷之義者，始吾弗信。今我睹子之難窮也，吾非至於子之門則殆矣，吾長見笑於大方之家。

_____

_____

_____

(2) 井蛙不可以語於海者，拘於虛也；夏蟲不可以語於冰者，篤於時也；曲士不可以語於道者，束於教也。

_____

_____

_____

(3) 方存乎見小，又奚以自多！計四海之在天地之間也，不似礨空之在大澤乎？計中國之在海內，不似稊米之在大倉乎？號物之數謂之萬，人處一焉。

_____

_____

_____

(4) 莊子釣於濮水。楚王使大夫二人往先焉，曰：「願以境內累矣！」

_____

_____

_____

二、請修改以下成語中錯誤的漢字，並解釋其含義：

(1) 望洋心歎：_____

(2) 孤雛負鼠：_____

(3) 曳尾途中：_____

外篇選讀

至樂

至樂（節選）

【題解】--

　　本篇主要討論苦樂和生死問題，集中體現了莊子的人生觀、生死觀。

　　全文共分七節。第一節回答人生有沒有至極的快樂，提出了「無為誠樂」「至樂無樂」的觀點。第二節莊子妻死，鼓盆而歌，以為生死不過是氣的聚散，主張忘卻死生之憂。第三節指出天地間萬事萬物無時不在變化中，人當隨變化而安於所化。第四節藉骷髏寫出人生的種種累患。第五節魯侯養鳥的寓言，比喻治國者以己意強加於民，往往給眾人帶來災禍，要求學習先聖，懂得對百姓「不一其能，不同其事」。第六節列子見骷髏而有所感言，以為人的死生當不為憂樂所執。第七節描寫物種演化的歷程。

　　這裏選取第一、二、五節進行閱讀和賞析。

　　出自本篇的著名成語有「鼓盆而歌」「夜以繼日」「褚小懷大」「綆短汲深」等。

【原文】

天下有至樂[1]無有哉？有可以活身者無有哉？今奚為奚據？奚避奚處？奚就奚去？奚樂奚惡？

夫天下之所尊者，富貴壽善[2]也；所樂者，身安厚味美服好色音聲也；所下者，貧賤夭惡也；所苦者，身不得安逸，口不得厚味，形不得美服，目不得好色，耳不得音聲。若不得者，則大憂以懼，其為形也亦愚哉！夫富者，苦身疾作[3]，多積財而不得盡用，其為形也亦外矣[4]！夫貴者，夜以繼日，思慮善否，其為形也亦疏矣！人之生也，與憂俱生。壽者惛惛[5]，久憂不死，何苦也！其為形也亦遠矣！烈士為天下見善矣，未足以活身。吾未知善之誠善邪？誠不善邪？若以為善矣，不足活身；以為不善矣，足以活人。故曰：「忠諫不聽，蹲循[6]勿爭。」故夫子胥爭之，以殘其形；不爭，名亦不成。誠有善無有哉？

今俗之所為與其所樂，吾又未知樂之果樂邪？果不樂邪？吾觀夫俗之所樂，舉羣趣[7]者，誙誙然[8]如將不得已[9]，

1　**至樂**：至極的快樂，最大的快樂。

2　**善**：善名。

3　**疾作**：勤勉勞動。

4　**外矣**：指違反常性的意思。

5　**惛惛**：昏昏，指精神懵懂。惛（粵 fan1 紛　普 hūn）。

6　**蹲循**：即「逡巡」，退卻的樣子。蹲（粵 seon1 詢　普 qūn），循（粵 ceon4 旬　普 xún）。

7　**舉羣趣**：形容一窩蜂地追逐。趣：趨，指競相追逐。

8　**誙誙然**：形容執着的樣子。誙（粵 hang1 亨　普 jìng）。

9　**不得已**：止不住，不能停下來。

而皆曰樂者，吾未之樂也，亦未之不樂也。果有樂無有哉？吾以無為誠樂[10]矣，又俗之所大苦也。故曰：「至樂無樂，至譽無譽。」

天下是非果未可定也。雖然，無為可以定是非。至樂活身，唯無為幾[11]存。請嘗試言之：天無為以之清，地無為以之寧。故兩無為相合，萬物皆化生。芒乎芴乎[12]，而無從出乎！芴乎芒乎，而無有象乎！萬物職職[13]，皆從無為殖[14]。故曰：「天地無為也而無不為也。」人也孰能得無為哉！

莊子妻死，惠子弔之，莊子則方箕踞鼓盆[15]而歌。

惠子曰：「與人居[16]，長子、老、身死[17]，不哭，亦足以，又鼓盆而歌，不亦甚乎！」

莊子曰：「不然。是其始死也，我獨何能無概[18]然！察其始而本無生，非徒無生也而本無形，非徒無形也而本無氣。雜乎芒芴之間，變而有氣，氣變而有形，形變而有生，今又變而之死，是相與為春秋冬夏四時行也。人

10　**誠樂**：真正的快樂。

11　**幾**：近。

12　**芒、芴**：即「恍」「惚」。

13　**職職**：繁多的樣子。

14　**無為殖**：意指萬物在自然中產生。

15　**箕踞**：蹲坐，如簸箕形狀。**盆**：瓦缶，古時樂器。

16　**與人居**：「人」指莊子妻子。

17　**長子、老、身死**：長養子孫，妻老死亡。

18　**概**：即「慨」，感觸哀傷。

163

且偃然寢於巨室[19]，而我嗷嗷然[20]隨而哭之，自以為不通乎命，故止也。」

……

顏淵東之[21]齊，孔子有憂色。子貢下席[22]而問曰：「小子敢問：回東之齊，夫子有憂色，何邪？」

孔子曰：「善哉汝問。昔者管子有言，丘甚善之，曰：『褚[23]小者不可以懷大，綆[24]短者不可以汲深。』夫若是者，以為命有所成而形有所適也，夫不可損益。吾恐回與齊侯言堯、舜、黃帝之道，而重[25]以燧人、神農之言。彼將內求於己而不得，不得則惑，人惑則死[26]。且女獨不聞邪？昔者海鳥止於魯郊，魯侯御而觴之[27]於廟，奏《九韶》[28]以為樂，具太牢[29]以為膳。鳥乃眩視[30]憂悲，不敢食一臠[31]，不敢飲一杯，三日而死。此以己養養鳥也，非以鳥養養鳥也。夫以鳥養養鳥者，宜棲之深林，遊之壇

19　偃然：安息的樣子。巨室：指天地之間。

20　嗷嗷然：叫哭聲。

21　之：到……去。

22　下席：離開座位。

23　褚（粵 cyu5 柱　普 zhǔ）：布袋。

24　綆（粵 gang2 恆　普 gěng）：汲水用的繩子。

25　重：再加上。

26　人惑則死：指齊侯將以死罪懲處顏淵。

27　御：迎。觴（粵 soeng1 商　普 shāng）：宴飲，謂以酒招待。

28　《九韶》：舜時樂曲，往往在慶典國宴中演奏。

29　太牢：古代帝王祭祀時，牛羊豬三牲都具備的稱為太牢。

30　眩視：指眼暈目眩。

31　臠：切成小塊的肉。

陸³²，浮之江湖，食之鰍鰷³³，隨行列而止，委而虵³⁴。彼³⁵唯人言之惡聞，奚以夫譊譊³⁶為乎？《咸池》³⁷《九韶》之樂，張之洞庭之野³⁸，鳥聞之而飛，獸聞之而走，魚聞之而下入，人卒³⁹聞之，相與還（huán）⁴⁰而觀之。魚處水而生，人處水而死。彼必相與異，其好惡故異也。故先聖不一其能，不同其事。名止於實，義設於適⁴¹，是之謂條達而福持⁴²。」

⋯⋯

32　壇陸：水中沙澶，湖渚。

33　鰍（粵 cau1 秋　普 qiū）：通「鰍」，泥鰍。鰷：即「鰷」，白魚。

34　委而虵：寬舒自得的樣子。

35　彼：指海鳥。人言：人說話的聲音。

36　譊（粵 naau4 撓　普 náo）：指嘈雜的音樂。

37　《咸池》：黃帝時的樂曲。

38　洞庭之野：即廣漠之野。

39　人卒：眾人。

40　還：通「環」，環繞。

41　義設於適：事理的設施在與適性。

42　條達：條理通達。福持：福分持久。

【賞析與點評】--

　　「天下有至樂無有哉？」天下有沒有最大的快樂？莊子說：有！「吾以無為誠樂矣」，「至樂無樂」，無為即是真正的快樂，最大的快樂是忘掉快樂。「無為誠樂」「至樂活身」的命題，值得深思，值得玩味，或許有偏頗之處，但仔細思考，對探討養生養性不無參考價值。人生的目的是尋求快樂嗎？如果是，快樂的人生從哪裏獲得？這是一般人常常追問的一個問題。「至樂無樂，至譽無譽」，「至樂」是超脫俗情縱慾之樂，「至譽」乃離棄世俗的誇獎阿諛，最大的快樂是忘卻快樂，最高的讚譽是忘卻聲譽，唯有虛靜恬淡而不縱慾生活，才能獲得性情的恬愉、心靈的安然。「無為誠樂」「至樂活身」生動體現了道家關於人生、關於修養心性的主張，世俗的人生觀是加法，物質享受多多益善，而道家的人生觀則是減法，而且認為減到無才是最高的境界，才是最優質的人生。在莊子看來，人作為道的產物，修養心性的過程就應當是從去慾到無慾的過程。這種觀點對物質生活優裕的人可謂是清醒劑，對物質生活困頓的人則是安慰劑。

　　莊子妻死，莊子「鼓盆而歌」，這是人所共知的一則故事，對如何正確地看待生死問題頗有啟發意義。莊子認為人的生死不過是氣的聚散而已。生本從無中來，死又向無處去。生死的變化，如同四季的更迭、大化的運行，是自然而然的事情。破除對生的執迷、對死的憂懼，才能安於自然的變化，免卻送終之悲。能做到這一點，莊子認為才是真正的「通乎命」，即懂得了生命的道理。在舉世皆以善養形骸者為樂的大環境中，在人人都拚命抓住短暫有限的現世人生，都以「富貴壽善」為重，以「身安厚味美服好色音聲」為樂的俗世中，偏偏還有一個莊子，「以謬悠之說，荒唐之言，無端崖之辭」，大膽否定世俗之樂，獨立於生死邊界之上，「上與造物者遊，而下與外死生、無終始者為友」，對苦樂、生死是如此的坦然，如此

的達觀，真的是一個不一樣的莊子！

「顏淵東之齊」一節中，有一個魯侯養鳥的故事，強調要「以鳥養養鳥」，不能「以己養養鳥」，進一步闡明無為的主旨，反對違背自然，人為地損益和破壞自然本性。萬物的自然本性不同，人們不可以自以為是、任意妄為，更不能強加於人，否則會釀成悲劇。只有明白到「命有所成而形有所適，不可損益」和「名止於實，義設於適」的道理，並本着無為的理念，順其自然，才有望一切順心，達到「至樂」的境界。生動的故事，真切的話語，但願能夠打動世人之心，少一些無謂的「有為」，少一些人為的破壞、人為的災難。

【語譯】--

世界上有沒有最大的快樂呢？有沒有保全性命的方法呢？現在要做甚麼？又有甚麼根據呢？要避免甚麼？要在甚麼樣的環境安身呢？要接近甚麼？又要捨棄甚麼呢？應當喜歡甚麼？又應當厭惡甚麼呢？

世界上所尊貴的，是富有、高貴、長壽和美名；所快樂的，是居處安逸、飲食豐美、服裝華麗、顏色悅目和音樂動聽；所鄙視的，是貧苦、卑賤、夭折和惡名；所痛苦的，是身體得不到安逸，口腹享受不到美味，外在穿不上美服，眼睛看不到美色，耳朵聽不到美聲。如果得不到這些，人們就會大大的憂慮和焦急，這樣對待身體，不是太愚昧了嗎！那些富人們，勞累身體，辛勤操作，積蓄了許多的錢財，卻不能夠全部享用，這樣對待身體，不也是太不愛惜身體了！那些貴人們，夜以繼日思慮着如何保住官運亨通，避免危

機到來，這樣對待身體，不也是太疏忽了！人初來世上，便與憂愁同生。長壽的人整日昏昏沉沉，長久地伴隨着憂愁而活著，這是多麼的痛苦！這樣對待身體，不也是太疏忽了！壯烈之士被天下的人所稱善，卻不能保養住自己的性命。我不知道這種善是真的善呢，還是真的不善呢？如果以此為善，這「善」卻不能保住自己的性命；如果以此為不善，然而這「不善」卻足以保住他人的性命。所以說：「忠言不被採納，閉口退步不爭。」所以伍子胥因諫諍而身遭殘害，如果伍子胥不諫諍，也不會成名。如此看來，到底有沒有真正的完善呢？

現在世俗間所追求的和所認為快樂的，我並不知道這種快樂是果真快樂呢，還是果真不快樂呢？我看世俗之人所認為快樂的，大家競相追逐，那種興致高亢的樣子，好像無法平靜下來，他們都認可的快樂，我不知道有甚麼快樂，也不知道有甚麼不快樂。到底有沒有快樂呢？我認為無為才是真正的快樂，而世俗之人卻認為那是最大的痛苦。所以說：「最大的快樂是忘掉快樂，最大的榮譽是忘掉榮譽。」

天下的是非果真是無法確定的，雖然如此，無為虛寂的態度還是可以解決是非的問題。至樂能夠養活性命，只有無為能夠讓至樂存留。請讓我說說這個道理：天因其無為而清明，地因其無為而寧靜。天與地兩個無為相合和，萬物皆能化育生長。恍恍惚惚，不知從甚麼地方而出；惚惚恍恍，沒有留下一點跡象！萬物繁多，皆於無為的自然中生息。所以說：「天地無為而無不為。」世俗之人誰能夠做到無為呢！

莊子的妻子死了，惠子前去弔唁，看到莊子正蹲坐着，敲着盆

子唱歌。

惠子說：「和妻子相住在一起，她為你生兒育女，現在老而身死，不哭也罷了，還要敲着盆子唱歌，這豈不是太過分了嗎？」

莊子說：「不是這樣，當她剛死的時候，我怎能不哀傷呢？可是觀察她本來就是沒有生命的，不僅沒有生命而且沒有形體，不僅沒有形體而且沒有氣息。在若有若無之間，變而成氣，氣變而成形，形變而成生命，現在又變而為死，這樣生來死往的變化就好像春夏秋冬四季交替一樣。人家靜靜地安息在天堂之上，我卻在這裏哭哭啼啼，我以為這樣是不通達生命的道理，所以才不哭。」

顏淵向東到齊國去，孔子臉上流露出憂愁的神情。子貢離開座位，向前問道：「學生大膽地問一問：顏回東往齊國，而先生面有憂色，這是甚麼原因呢？」

孔子說：「你問得很好。從前管子說過一句話，我很欣賞，他說：『小袋子裝不下大東西，短井繩提不來深井水。』這種說法，正是認為性命各有它形成的道理，而形體各有它相適宜的地方，都是不可以隨意改變的。我擔心顏回向齊侯宣講堯、舜、黃帝的主張，又推崇燧人氏和神農氏的言論。而齊侯將會用三皇五帝的做法要求自己，但又辦不到，辦不到便會產生懷疑，被人懷疑的人就要面臨死亡的危險了。再說你就沒有聽說過這個故事嗎？從前有一隻海鳥飛到了魯國都城郊外棲息，魯侯為了歡迎牠，在宗廟裏擺酒款待牠，演奏舜帝時的《九韶》作為宴會音樂，準備了古代帝王祭祀時才使用的牛、羊、豬作為宴會的食品。這時海鳥眼花繚亂，心懷憂悲，不敢吃一片肉，不敢喝一口酒，過了三天就死了。這是用養護自己

169

的方式去養鳥，不是用養鳥的方法去養鳥。用有利於鳥的養護的方法去養鳥的話，應當讓海鳥棲息在深林之中，遊蕩在沙洲之上，飄浮在江湖之中，吃的是泥鰍和小魚，隨着鳥羣的行列而息止，從容自在地生活安處。海鳥就怕聽到人的說話聲，為甚麼還要那喧嘩嘈雜的音樂呢？像《咸池》《九韶》這樣的帝王音樂，在廣漠的原野上演奏，鳥兒聽到了騰飛，野獸聽到了逃走，魚兒聽到了便潛入水中，眾人聽到了，便一起圍繞過來欣賞。魚兒呆在水裏就能生存，人呆在水裏便會淹死。他們必定是相互不同的，他們的喜好和厭惡因而也不同。所以先代的聖人不求才能的劃一，不求都做相同的事情。名稱要符合實際，義理的設置要適合人們的生活習性，這就叫做道理通達，福分持久。」

【想一想】--

（1）莊子認為人在世間沒有真正的快樂，你認為呢？你在生活中的快樂是甚麼？

（2）文章中孔子講述了一個魯侯養鳥的故事，他想藉這個故事表達一種甚麼樣的觀點呢？

【強化訓練】--

一、將以下文句翻譯為白話文：

（1）夫天下之所尊者，富貴壽善也；所樂者，身安厚味美服好色音聲也；所下者，貧賤夭惡也；所苦者，身不得安逸，

口不得厚味，形不得美服，目不得好色，耳不得音聲。

_____

_____

_____

(2) 吾觀夫俗之所樂，舉羣趣者，誙誙然如將不得已，而皆曰樂者，吾未之樂也，亦未之不樂也。

_____

_____

_____

(3) 察其始而本無生，非徒無生也而本無形，非徒無形也而本無氣。雜乎芒芴之間，變而有氣，氣變而有形，形變而有生，今又變而之死，是相與為春秋冬夏四時行也。

_____

_____

_____

(4) 故先聖不一其能，不同其事。名止於實，義設於適，是之謂條達而福持。

_____

_____

_____

二、選擇題：

(1) 以下哪一種不是普通人認為的樂事？（　　　）
A. 厚味　　　　　　　　　B. 美服
C. 音聲　　　　　　　　　D. 自然

(2) 以下哪一件事，不是魯侯養鳥時做過的？（　　　）
A. 給鳥準備牛羊等宴會食品　　B. 把鳥放到海邊沙灘上
C. 奏樂給鳥聽　　　　　　　　D. 在宗廟擺酒招待

雜篇選讀

天下

‖ 天下（節選）‖

【題解】

　　本篇是《莊子》一書的最後一篇，被視為《莊子》全書的「後序」，是最早的一篇中國學術史文章，對先秦時期的幾個主要學派一一作了簡明扼要的敍述和批評。著名學者顧實說：「不讀《天下》篇，無以明莊子著書之本旨，亦無以明周末人學術之概要也。」

　　由於文中對莊子和莊子之學「備極讚揚」，因而一般認為不會是莊子本人的作品，而應是莊子後學所作。

　　文章開篇即提出「道術」與「方術」之別，「道術」是對宇宙人生本原進行全面體認並能包容一切的學說，是最完美的學說，是具有普遍性的學問，只有天人、神人、至人、聖人才能掌握它、體現它；「方術」（學術）雖可歸入「道術」的大範疇，但都是各家各派的學問，大多局限於人對自然、對人生片面的、局部的認識，各執一詞，各有偏頗，最多可視為「道術」的某一方面。接下來，文章對墨子、宋鈃、尹文、彭蒙、田駢、慎到、關尹、老子、莊子、惠施等各家學說的歷史淵源和自身價值，分別作了評論，其中除了對關尹、老子與莊子之學基本持褒而無貶的態度外，對其他各派都是既有肯定，也有批判，可謂客觀公正。

【原文】

　　天下之治方術[1]者多矣，皆以其有[2]為不可加矣。古之所謂道術[3]者，果惡乎在？曰：「無乎不在。」曰：「神[4]何由降？明[5]何由出？」「聖有所生，王有所成，皆原於一[6]。」

　　不離於宗，謂之天人；不離於精，謂之神人；不離於真，謂之至人。以天為宗，以德為本，以道為門，兆於變化，謂之聖人；以仁為恩，以義為理，以禮為行，以樂為和，薰然慈仁，謂之君子[7]；以法為分，以名為表，以參為驗，以稽為決[8]，其數一二三四是也[9]，百官以此相齒[10]；以事為常[11]，以衣食為主，蕃息畜（xù）藏[12]，老弱孤寡為意，皆有以養，民之理也。

1　**方術**：一方之術，指特定的學問。

2　**其有**：謂所學。有：謂攻治（致力於學習研究）所得。

3　**道術**：指洞悉宇宙人生本原的學問。

4　**神**：靈妙。

5　**明**：智慧。

6　**一**：即道。

7　**「以仁為恩」六句**：主要指的是儒家。指其以仁來施行恩惠，以義來建立條理，以禮來範圍行動，以樂來調和性情。

8　**「以法為分」四句**：主要講法家的作為。法家以法度為分守，以名號作標誌，以比較為徵驗，以考稽作判斷。

9　**其數一二三四是也**：好像數一二三四那樣明白。

10　**百官以此相齒**：百官依這樣相列序位。齒：序列。

11　**以事為常**：事：職事。常：常業。

12　**蕃息畜藏**：繁衍、生殖、積蓄、儲藏。畜：通「蓄」。

古之人其備乎？配神明[13]，醇天地[14]，育萬物，和天下，澤及百姓，明於本數[15]，係於末度[16]，六通四辟[17]，小大精粗，其運無乎不在。其明而在數度[18]者，舊法、世傳之史尚多有之；其在於《詩》《書》《禮》《樂》者，鄒魯之士、搢紳先生[19]多能明之。《詩》以道志，《書》以道事，《禮》以道行，《樂》以道和，《易》以道陰陽，《春秋》以道名分。其數散於天下而設於中國者，百家之學時或稱而道之。

天下大亂，賢聖不明，道德不一。天下多得一察[20]焉以自好。譬如耳目鼻口，皆有所明，不能相通；猶百家眾技也，皆有所長，時有所用。雖然，不該不遍[21]，一曲[22]之士也。判[23]天地之美，析[24]萬物之理，察[25]古人之全，寡能備於天地之美，稱神明之容[26]。是故內聖外王之

13　**配神明**：配合天地造化的靈妙。

14　**醇天地**：取法天地。醇，借為「準」。

15　**本數**：本原，指道的根本。

16　**末度**：指法度，道的末節。

17　**六通四辟**：六合通達四時順暢。

18　**數度**：指典章制度。

19　**鄒魯之士、搢紳先生**：指儒士。

20　**一察**：一端之見。

21　**該**：通「賅」，兼備。**遍**：周遍，全面。

22　**一曲**：偏於一端，指只知道的一端而不明道的全體。

23　**判**：割裂，分裂。

24　**析**：分解，離析。

25　**察**：損害，破壞。

26　**稱**：相稱。**神明之容**：大道包容之象。

道，暗而不明，鬱[27]而不發，天下之人各為其所欲焉以自為方[28]。悲夫，百家往而不反，必不合矣！後世之學者，不幸不見天地之純[29]，古人之大體。道術將為天下裂[30]。

……

以本[31]為精，以物為粗，以有積為不足，澹然[32]獨與神明居。古之道術有在於是者，關尹[33]、老聃[34]聞其風而悅之。建之以常無有，主之以太一[35]，以濡弱謙下為表[36]，以空虛不毀萬物為實。

關尹曰：「在己無居[37]，形物自著[38]。」其動若水，其靜若鏡，其應若響。芴乎若亡[39]，寂乎若清[40]。同焉者和，得焉者失。未嘗先人，而常隨人。

老聃曰：「知其雄，守其雌，為天下谿[41]；知其白，

27　鬱：鬱結，抑鬱。

28　方：偏執的方術。

29　純：純真之美。

30　大體：全貌，指完美的道德風貌。裂：割裂，毀壞。

31　本：大道。

32　澹然：恬淡的樣子。神明：自然。

33　關尹：有三種說法。其一，名喜，關尹為其官職名稱。其二，關尹，即關令尹喜，姓尹名喜，關令為官職名稱。其三，「喜」字非其名。

34　老聃：即老子，姓李，名耳，字聃，楚苦縣屬鄉曲仁里人。

35　太一：即道。

36　濡：柔，即「儒」之借字。表：外表。

37　無居：沒有私見。

38　著：顯露。

39　芴：通「惚」，恍惚。亡：通「無」。

40　清：清虛。

41　谿：通「溪」。與下文「谷」字同義，皆指有容乃大而眾望所歸。

守其辱[42]，為天下谷。」人皆取先，己獨取後，曰受天下之垢。人皆取實，己獨取虛，無藏[43]也故有餘，歸然[44]而有餘。其行身[45]也，徐[46]而不費，無為也而笑巧。人皆求福，己獨曲全[47]，曰苟免於咎[48]。以深為根[49]，以約為紀[50]，曰：「堅則毀矣，銳則挫矣。」常寬容於物，不削[51]於人，可謂至極。

關尹、老聃乎，古之博大真人[52]哉！

芴漠[53]無形，變化無常，死與生與，天地並與，神明往與！芒乎何之[54]，忽乎何適。萬物畢羅，莫足以歸。古之道術有在於是者，莊周聞其風而悅之。以謬悠[55]之說，荒唐[56]之言，無端崖之辭，時恣縱而不儻[57]，不以觭見之

42　辱：即黑。

43　**無藏**：沒有積蓄。

44　**歸然**：充足的樣子。

45　**行身**：立身行事。

46　**徐**：安舒。**費**：耗費精神。

47　**曲全**：委曲以自全。

48　**咎**：禍患。

49　**深**：深玄。**根**：根本。

50　**約**：儉約。**紀**：綱紀。

51　**削**：刻削，侵削。

52　**真人**：得真道之人。

53　**芴漠**：芴，通「惚」。恍惚芒昧之意。

54　**芒乎何之**：形容恍惚芒昧的狀貌。

55　**謬悠**：虛遠而不可捉摸。

56　**荒唐**：謂廣大無域畔。

57　**恣縱**：放縱。**儻**：直言。

也 [58]。以天下為沉濁，不可與莊語 [59]，以卮言為曼衍 [60]，以重言 [61] 為真，以寓言 [62] 為廣。獨與天地精神往來，而不敖倪 [63] 於萬物。不譴是非，以與世俗處。其書雖瑰瑋 [64]，而連犿 [65] 無傷也。其辭雖參差，而諔詭 [66] 可觀。彼其充實，不可以已 [67]。上與造物者遊，而下與外死生、無終始者為友。其於本也，弘大而辟 [68]，深閎而肆 [69]；其於宗也，可謂稠適 [70] 而上遂矣。雖然，其應於化而解於物也，其理不竭 [71]，其來不蛻 [72]，芒乎昧乎 [73]，未之盡者。

惠施多方 [74]，其書五車，其道舛駁 [75]，其言也不中 [76]。

58　**不以觭見之也**：不以一端自見。觭（粵 gei1 其　普 jī）。

59　**莊語**：莊重嚴正的言論。

60　**卮言**：無心之言。卮：酒器。**曼衍**：散漫流衍，不拘常規之意。

61　**重言**：為人所重之言，指藉重先哲先賢之言。

62　**寓言**：寄寓他人他物的言論。

63　**敖倪**：驕矜。

64　**瑰瑋**：奇特，弘壯。瑋（粵 wai5 偉　普 wěi）。

65　**連犿**：和同混融的樣子。犿（粵 faan1 反　普 fān）。

66　**諔詭**：奇異。諔（粵 cuk1 數　普 chù）。

67　**彼其充實，不可以已**：他內心之情飽滿，故禁不住流露出來。

68　**辟**：透闢。

69　**肆**：形容廣闊無限制。

70　**稠適**：和適的意思。稠（粵 tiu4 條　普 tiáo）：通「調」，調和。**遂**：達。

71　**其理不竭**：他的道理是不窮盡的。

72　**不蛻**：連綿不斷。蛻：通「脫」，離。

73　**芒乎昧乎**：窈窕深遠。

74　**多方**：有多種方術。

75　**舛駁**：駁雜不純。舛（粵 cyun2 喘　普 chuǎn）。

76　**不中**：不合大道。

歷物之意 [77]，曰：「至大無外，謂之大一；至小無內，謂之小一 [78]。無厚，不可積也，其大千里 [79]。天與地卑，山與澤平 [80]。日方中方睨，物方生方死 [81]。大同而與小同異，此之謂『小同異』；萬物畢同畢異，此之謂『大同異』 [82]。南方無窮而有窮 [83]。今日適越而昔來 [84]。連環可解 [85] 也。我知天之中央，燕之北、越之南是也 [86]。泛愛 [87] 萬物，天地一體也。」

77　歷：分析、量度。意：理。

78　「至大」四句：謂無窮大、無窮小。說明空間的無窮性。

79　「無厚」三句：無厚，指幾何學中的平面。平面沒有體積，但有面積，所以說「其大千里」。說明平面的無限延伸。

80　「天與」兩句：謂空間高低的差別都是相對的，從這方面來說，天與地是一樣高，山與水是一樣平的。卑：低下。

81　「日方」兩句：從時間的無窮性的觀點來說，事物無時無刻不在變化。所以說才見日中，已是日斜；萬物剛出生，便已走向死亡。睨（粵 ngai6 藝　普 nì）：傾斜。

82　「大同」四句：小同異指的是事物的屬和種之間的同一性和差異性。屬的共同性是大同，種的共同性是小同，他們的差異叫做小同異。而大同異指的是事物的範疇和個體的差異，也就是事物的統一性和多樣性。

83　南方無窮而有窮：古人認為東有大海，北有大山，西有沙漠，是可以窮盡的，而南方如楚、越等國不斷向南伸展，卻是無窮的。但當時也有一些人已發現了南方同樣有大海阻隔的事實，因此又認為南方又是有窮盡的。

84　今日適越而昔來：這是一個時間上的今昔相對性的命題。今天所謂的昔，正是昨天所謂的今；今天所謂的今，明天就成為昔。所以從今天的角度說，是「今日適越」，而從明天的角度來看，就成為「昔來」了。

85　連環可解：有兩種理解，一、以不解為解；二、以自然毀壞為解。即從連環既成之後到毀壞之時，都處在「解」的過程中，故說「可解」。

86　「我知」兩句：謂宇宙的無限與方位的相對，所以「燕之北」「越之南」都可以是天下的中央。

87　「泛愛」兩句：謂己身與天地萬物為一體，所以要泛愛萬物。即主張合萬物之異，取消一切事物間的差別、對立。

　　惠施以此為大，觀⁸⁸於天下而曉辯者，天下之辯者相
與樂之⁸⁹。卵有毛⁹⁰；雞三足⁹¹；郢有天下⁹²；犬可以為羊⁹³；
馬有卵⁹⁴；丁子有尾⁹⁵；火不熱⁹⁶；山出口⁹⁷；輪不蹍地⁹⁸；
目不見⁹⁹；指不至，至不絕¹⁰⁰；龜長於蛇¹⁰¹；矩不方，規不

88　**觀**：顯示。

89　**樂之**：謂樂於跟惠施辯論。

90　**卵有毛**：卵中含有產生羽毛的因素。

91　**雞三足**：指雞有二足，加上「雞足」這個名即成三足。

92　**郢有天下**：郢為楚國的首都，僅僅是天下的一部分。但如果楚王「泛愛萬物」，
　　能讓天下的人來歸附，就能包容天下。

93　**犬可以為羊**：任何事物的名稱都是約定俗成的，如果把「犬」叫做「羊」，也
　　並無不可。

94　**馬有卵**：馬雖然是胎生，但「胎」「卵」的名稱是人們叫出來的，所以稱馬為
　　卵生，也是可以的。

95　**丁子有尾**：丁子即蛤蟆，蛤蟆是由蝌蚪變化而來的，蝌蚪有尾，所以說丁子
　　有尾。

96　**火不熱**：有三種理解，一、火本來是不熱的；二、熱只是人的主觀感覺；三、
　　傳熱需要一定的時間和條件。

97　**山出口**：謂山本無名，山名出自人口。另有一說，認為指山有要隘處。

98　**輪不蹍地**：輪在運行過程中，與地面接觸的始終只是一點，而不是輪的全
　　體，故說「不蹍地」。

99　**目不見**：只有眼睛是看不到物的，還需要有光和感光的能力。

100　**「指不至」兩句**：謂伸直手指而指，所指長度無窮。另一說，認為人們對於
　　事物的本體的認識是無窮的。

101　**龜長於蛇**：在一般情況下，蛇比龜長，但數百年的大龜，則往往比剛出生的
　　小蛇要長。此命題說明長短大小的相對性。

可以為圓 [102]；鑿不圍枘 [103]；飛鳥之景，未嘗動也 [104]；鏃矢之疾，而有不行、不止之時 [105]；狗非犬 [106]；黃馬驪牛三 [107]；白狗黑 [108]；孤駒未嘗有母 [109]；一尺之捶，日取其半，萬世不竭 [110]。辯者以此與惠施相應 [111]，終身無窮。

桓團、公孫龍 [112] 辯者之徒，飾 [113] 人之心，易 [114] 人之意，能勝人之口，不能服人之心，辯者之囿 [115] 也。惠施日以其知與之辯，特 [116] 與天下之辯者為怪，此其柢 [117] 也。

---

102 「矩不方」兩句：謂即使用矩、規畫方、圓，也是不能畫出絕對的方、圓的。

103 **鑿不圍枘**：謂卯眼與榫頭二者接合的地方，總會留下縫隙，是不能完全相合的。**鑿**，孔，即卯眼。**枘**（粵 jeoi6 銳　普 ruì）：孔中之木，即榫頭。

104 **「飛鳥」兩句**：謂飛鳥是動的，但分割成無窮次出現的鳥影也有靜止的瞬間。**景**（粵 jing2 影　普 yǐng）：通「影」。

105 **「鏃矢」兩句**：此命題意在說明動靜是對立統一的。**鏃**（粵 zuk6 族　普 zú）：箭頭。

106 **狗非犬**：大的叫犬，小的叫狗，所以說狗非犬。

107 **黃馬驪牛三**：與「雞三足」類似。一匹黃馬，一頭驪牛，再加上「黃馬驪牛」這個概念共為三。

108 **白狗黑**：與「犬可以為羊」類似。名稱在於約定俗成，如果稱「白」為「黑」，那麼「白狗」自然可以成為「黑狗」。

109 **孤駒未嘗有母**：孤駒就是失去母親的小馬，所以可以說孤駒是沒有母親的。

110 **「一尺」三句**：謂有限的物質，可以被無限地分割。**捶**：木棍。

111 **相應**：相互辯論。

112 **桓團**：姓桓（粵 wun4 援　普 huán），名團，趙人，辯士。**公孫龍**：姓公孫，名龍，字子秉，趙人，先秦名家的代表人物，提出「堅白同異」之論。

113 **飾**：蒙蔽。

114 **易**：改變。

115 **囿**：局限。

116 **特**：獨。

117 **柢**：大略。

　　然惠施之口談[118]，自以為最賢，曰：「天地其壯[119]乎！」施存雄而無術。南方有倚[120]人焉，曰黃繚[121]，問天地所以不墜不陷，風雨雷霆之故。惠施不辭而應，不慮而對，遍為萬物說。說而不休，多而無已，猶以為寡，益之以怪[122]。以反人為實，而欲以勝人為名，是以與眾不適[123]也。弱於德，強於物，其塗隩[124]矣。由天地之道觀惠施之能，其猶一蚊一虻之勞者也，其於物也何庸[125]！夫充一尚可，曰愈貴道，幾[126]矣！惠施不能以此[127]自寧，散於萬物而不厭，卒以善辯為名。惜乎！惠施之才，駘蕩[128]而不得，逐萬物而不反，是窮響以聲[129]，形與影競走也，悲夫！

118　**談**：辯。

119　**賢**：高明。**壯**：偉大。

120　**倚**：即「畸」，奇異。

121　**黃繚**：楚人，有辯才。

122　**益**：增加。**怪**：奇談怪論。

123　**適**：和適。

124　**隩**（粵 juk1 奧　普 ào）：水涯深曲處。比喻狹隘而偏曲。

125　**庸**：用。

126　**幾**：殆，危險。

127　**此**：指玄道。

128　**駘蕩**：放蕩。

129　**窮響以聲**：用聲音阻止回聲。

【賞析與點評】---

　　「不離於宗，謂之天人；不離於精，謂之神人；不離於真，謂之至人。……」文章對人世間各色人等的基本特徵作了簡單概括，並依據道德修養的高低排列，依次為天人、神人、至人、聖人、君子、百官、普通民眾，作者最為推崇的，顯然是「以道為宗」，從不背離大道本質的「天人」，其立場顯而易見。

　　關於莊子的精神世界，《天下》篇認為其本質特徵主要表現為「獨與天地精神往來，而不敖倪於萬物。不譴是非，以與世俗處。……上與造物者遊，而下與外死生、無終始者為友。」指出莊子人生哲學的根本目的就是要擺脫一切外在事物的束縛，「芒然彷徨乎塵垢之外」「逍遙乎無何有之鄉、廣莫之野」，實現心靈的無限超越，也就是要使主體超然塵世之外，而「獨與天地精神往來」。

　　《天下》篇以「謬悠之說，荒唐之言，無端崖之辭，時恣縱而不儻，不以觭見之」來歸納莊子的語言特徵，認為莊子的言說已經脫離了一般言說的常規，文字的悠遠難稽、不着邊際、恣縱任意、隱晦難解，使得他的文章幾乎成了一座語境迷宮。莊子的言說方式「以卮言為曼衍，以重言為真，以寓言為廣」，也必然使他的文章具有獨特的藝術風格。「其書雖瑰瑋，而連犿無傷也。其辭雖參差，而諔詭可觀。」莊子的文章雖然奇特宏偉、滑稽詼諧，每以不受時空限制地虛構故事來曲折地表達思想感情，卻是為了婉轉隨順，不損於物，不使世俗之人的感情受到傷害。這樣的歸納概括，對我們閱讀《莊子》，理解莊子的思想具有重要的指導意義。

　　文章最後部分評述惠施及其所代表的名家學派，也很值得重視。名家主要探討概念與事實之間的關係，惠施特別提出了「合同

異」的理論,認為一切差別和對立都是相對的,「卵有毛」「雞三足」「飛鳥之景未嘗動」「狗非犬」「白狗黑」,無限誇大了事物的同一性。文章以犀利的言辭批判了名家學派,將惠施的很多說法視為狹隘的奇談怪論。不過,客觀來講,惠施學派的命題雖然詭辯的成分居多,但今天仍要看到其中不乏「合理內核」,即辯證法的因由及其合理的邏輯推理。「一尺之捶,日取其半,萬世不竭。」此乃好辯之士與惠施論戰時提出的著名哲學命題之一,它生動揭示了物質的無限可分性和對立統一規律,不僅閃爍着辯證法的思想靈光,而且對物理學的發展一直產生着重要影響。

〔語譯〕--

　　天下研究方術的人很多,都認為自己所獲得的成就無以復加了。古代所謂的道術,到底在哪裏呢?回答是:「無所不在。」若問:「聖人從哪裏誕生?明王從何處出現?」回答是:「聖人有他誕生的原因,明王有他成就的根由,都是源於大道。」

　　不背離大道本質的,稱為天人;不背離大道精純的,稱為神人;不背離大道本真的,稱為至人。以自然為主宰,以德性為根本,以大道為門徑,預知變化的徵兆,稱為聖人;以仁愛來施行恩惠,以義來分別事理,以禮來規範行動,以音樂來調和性情,充溢着溫和仁慈的言行,稱為君子;以法度分別各自不同的名分,以名號標明各自不同的實際,用比較的方法來驗證事物,用考察的方法來決斷事物,就像一二三四列數那樣分明,百官的序列就是如此確定的;把耕作勞動作為常業,把衣食作為關注的主要問題,用心於繁衍生息和積蓄儲存,關注老弱孤寡的生活,讓他們都能得到撫養,這是民生的道理。

古代的得道者不是臻於完美了嗎？他們具備了聖人和明王的道德，取法於天地，而能哺育萬物，調和天下，恩澤施於百姓，通曉大道的根本，掌握末端的具體法度，六合通達而四時順暢，大小精粗，應時變化，無所不發揮作用。古代道術明顯表現在禮法度數方面的，在舊的法規法令中和世傳的史書中多有記載；那些記載在《詩》《書》《禮》《樂》書中的，鄒、魯之地的學者和官吏大多還能明白其中的道理。《詩經》是用來表達思想感情的，《尚書》是記載政事的，《禮》是講述行為規範的，《樂記》是講述調和情緒的，《易經》是講述陰陽變化規律的，《春秋》是講述名位職守的。這些學問散佈於天下而施行在中原的，百家之學中時有稱引和講述。

天下大亂之後，聖賢的學說不再顯明於世，道德標準也出現了分歧。天下的人各以一己之偏見自以為是。譬如耳目鼻口各有功用，卻不能相互替代；猶如百家的各種技藝，都有自己的特長，適時方有所用。雖然如此，對於不能兼備眾說，不能周全遍及事物道理的，只能是一孔之見的曲士。他們割裂了天地的和美，離析了萬物的常理，破壞了古人完美的道德，很難具備天地的自然純美，相稱於神明的形容。所以內聖外王之道，暗淡而不光明，抑鬱而不勃發，天下之人各為自己的喜好，偏執一己的方術。可悲啊，百家的學術走向一偏而不知道回歸，勢必與古人的道術不能相合了！後世的學者，最為不幸的是，再也見不到天地的純美和古人完美的道德風貌。古人的道術將被這一代的天下人所割裂毀掉了。

把根本的大道視為精妙的，把派生的萬物視為粗疏的，把外物的積累視為不足的，恬淡無為而獨與自然融為一體。古代的道術有這方面的內容，關尹、老聃聽到這種風尚就十分喜悅。他們樹立「常無」「常有」的學說，把大道視為自己學說的基礎，把柔弱和謙下視為外在的表現，把內心虛空、不毀傷萬物視為內在的實質。

關尹說：「自己沒有主觀偏見，有形之物各自彰顯。」他活動時像流水一樣自然，靜止時像鏡子一樣清明，動靜無心，猶如空谷回聲。恍惚之中像是空洞無物，寂寞之中像是清虛無有。與萬物混同的人和諧，一心想獲得的人喪失。未嘗跑在別人前頭，而常常隨在人們的後面。

老聃說：「知道雄的堅強，卻持守雌的柔弱，便能成為容納萬物的谿谷；知道明亮，卻安於暗昧，便能成為容納天下的山谷。」人人都爭先，我自甘落後，這就是說願意承受天下人的垢辱。人人都追求實惠，我獨索取虛無，正因為沒有積蓄，所以感到富足，富足得如高山般的堆積。他的立身行事，從容不迫，不損精神，恬淡無為而恥笑耍弄智巧的人。人人都在追求福祿，自己卻獨委曲求全，說這樣做姑且免於禍端。以精深為根本，以儉約為綱紀，說：「堅強的容易毀壞，銳利的容易挫折。」常常寬容待物，不侵削別人，可以說已經達到了最高境界。

關尹、老聃，可謂是古來博大的真人啊！

寂寞虛靜而不落形跡，應物變化而沒有常規，死亡啊出生啊，皆與天地同體並存，與大自然一起變化來往！茫茫然不知從何處來，恍恍惚惚又不知往何處去，包羅萬事萬物，卻不知歸於何處。古來有道術屬於這一方面的，莊周聽到這種風尚就十分喜悅。他用虛遠不可捉摸的論說，廣大不可測度的言辭，以及不着邊際的語言，時常放任發揮而不囿於成說，不持一端之見。莊子認為天下之人沉迷不悟，不能使用莊重的語言與他們交流，於是使用無心的「卮言」來敍述事情，隨時更新，符合自然的分際；引用先哲先賢的「重言」來說話，讓人感到真實可信；運用有所寄託的「寓言」來講故事，

推廣深刻的道理。獨自和天地自然相往來，卻從不傲視萬事萬物。不責問誰是誰非，而混跡於世俗之中。他的著作雖然奇特宏偉，卻是婉轉連綿，不損傷為文的道理。他的文辭雖然筆法變化多樣，卻都奇趣盎然，引人入勝。他的精神世界，無比充實，沒有止境。上與天地自然一同遨遊，而下與超脫生死、不知終始的得道之人結為朋友。他對大道的闡述，宏大而透闢，深廣而暢達；他對於道的宗旨，可以說把握得已經達到最高的境界。雖然這樣，關於順應自然變化和解脫外物牽累的學說，他還有無窮的道理，這些道理始終不離大道的宗本，在茫昧恍惚之中，人們永遠無法窮盡它的奧妙。

惠施的學問廣博多面，他的藏書有五車之多，他的學說駁雜不純，他的言論也往往不合道理。他觀察分析事物的道理，說：「極大的東西沒有外圍，可以叫做『大一』；極小的東西沒有內存，可以叫做『小一』。薄到沒有厚度時，不可以累積，但其廣大可以延伸千里之遠。天空與地面一樣的低下，高山與水澤一樣的低平。太陽剛處於正中位置的同時也就是偏斜的開始，萬物剛剛生出就開始走向死亡。『大同』與『小同』是相異的，這個稱為『小同異』；萬物都是相同的也都是相異的，這個稱為『大同異』。南方是無限遠的也是有限遠的。今天方去越國而昨天已經到達。封閉的連環是可以解開的。我知道天下的中央，在燕地的北邊也在越地的南邊。要普遍地熱愛萬物，因為天地萬物都是一樣的。」

惠施以此諸多命題當做偉大的發現，顯示於天下，並讓那些善辯者知曉，而天下的善辯者都喜歡和他談論這些問題。他們論辯的課題很多，諸如，卵中有毛；雞有三隻腳；郢都包容天下；犬可以是羊；馬為卵生；蛤蟆有尾巴；火不是熱的；山從口裏出來；輪子不着地；眼睛看不見東西；所指事物的概念不能達到實質上，即使對實

質有所反映，也不能窮盡；用矩尺畫出的並不方，圓規畫出的也不圓；鑿出的榫眼與榫頭不可能完全吻合；飛鳥的身影不曾移動；疾飛的箭頭，卻存在着靜止和不靜止的時候；狗不是犬；黃馬黑牛合起來為三個概念；白狗是黑的；孤駒未曾有母親；一尺長的杖，每天截取一半，一萬年都截取不完。好辯的人們用這些論題和惠施辯論，終生沒有了結。

桓團和公孫龍都是善辯之人，他們蒙蔽人心，改變人的意向，能夠勝過人的口舌，卻不能折服人的心志，這是辯論者的局限。惠施天天運用自己的心智與別人辯論，獨與天下的辯者提出許多怪異的論題，以上所述就是他們辯論的大略情況。

然而惠施自以為自己的辯才是最出色的，說：「天地是多麼偉大啊！」惠施心存壯志而無道術。南方有個名叫黃繚的異人，詢問天地為甚麼不墜不陷，以及產生風雨雷霆的原因。惠施毫不推辭而予以接應，不加思索便即刻回答，說遍了萬物生滅的所有原因。如此說個不停，多得難以住口，還是覺得沒有說夠，更加上一些奇談怪論。他把違反人之常情的東西當做真實，想在辯論中勝過別人而獲取名聲，因此他與眾人不合。他輕視道德的修養，重視對外物的研究，走了一條曲折的道路。從自然之道來看惠施的才能，他就像一隻蚊虻那樣徒勞無濟，對於萬物有何作用！他充當一家之說還可以，要說比大道還珍貴，那就太危險了！惠施不能以一家之說而止息，把精力耗散在萬物的分析上而不厭倦，最終只落個善辯的名聲。可惜啊！惠施的才能，放蕩而無所收穫，追逐萬物而永不回頭，這是用聲音阻止回聲，形體和影子競走，是很悲哀的呀！

【想一想】--

　　《天下》篇總結了先秦諸子百家的歷史淵源和思想內涵，堪稱一篇對那個時代學術思想面貌的總結性文章。閱讀這篇文字，結合過去課堂上學習過的儒家、道家、法家思想的古文，談一談《天下》中對這些學術流派評價的看法。

【強化訓練】--

一、將以下文句翻譯為白話文：

(1) 以仁為恩，以義為理，以禮為行，以樂為和，薰然慈仁，謂之君子。

_____

_____

_____

(2) 判天地之美，析萬物之理，察古人之全，寡能備於天地之美，稱神明之容。

_____

_____

_____

(3) 其動若水，其靜若鏡，其應若響。芴乎若亡，寂乎若清。同焉者和，得焉者失。未嘗先人，而常隨人。

_____

_____

_____

(4) 人皆取先，己獨取後，曰受天下之垢。人皆取實，己獨取
虛，無藏也故有餘，巋然而有餘。

_____

_____

_____

(5) 以天下為沉濁，不可與莊語，以卮言為曼衍，以重言為真，
以寓言為廣。獨與天地精神往來，而不敖倪於萬物。不譴
是非，以與世俗處。

_____

_____

_____

(6) 惠施之才，駘蕩而不得，逐萬物而不反，是窮響以聲，形
與影競走也，悲夫！

_____

_____

_____

二、選擇題：

(1) 以下哪一位是屬於道家的思想家？（　　　）
　　A. 老聃　　　　　　B. 孔子
　　C. 惠施　　　　　　D. 公孫龍

(2) 以下古典作品以及《天下》認為它們的功用，搭配錯誤的
是（　　　）
　　A. 《尚書》── 記載政事
　　B. 《詩經》── 鑒賞文學
　　C. 《易經》── 講述陰陽變化規律
　　D. 《禮》── 講述行為規範

(3) 《天下》中對大道的理解和踐行不同，使人們產生了不同的
類型，以下搭配類型正確的是（　　　）

A. 不背離大道本質 —— 神人
B. 以大道為門徑，預知變化的徵兆 —— 至人
C. 不背離大道精純 —— 聖人
D. 以仁愛來施行恩惠，以義來分別事理，以禮來規範行動，以音樂來調和性情，充溢着温和仁慈的言行 —— 君子

附錄

‖ 強化訓練參考答案 ‖

‖ 內篇選讀　逍遙遊 ‖

一、把以下文字語譯為白話文：

（1）所以鵬飛九萬里，由於風就在牠的下面，然後才憑藉着大風飛行；由於背靠青天而沒有阻礙牠的東西，然後才能圖謀飛往南海。

（2）（宋榮子）全世界都讚揚他，他也不為此受到激勵；全世界都非議他，他也不為此感到沮喪。他能確定自我與外物的區別，分辨榮譽與恥辱的界限，不過如此而已。

（3）您請回吧！我要天下做甚麼呢？廚師雖然不盡職守，主祭的人不會替他去烹調。

（4）現在你有五石之大的葫蘆，為甚麼不考慮把它當作腰舟繫在身上，去浮游於江湖之上，反而擔憂它太大無處可容呢？可見你的心如同蓬草一樣茅塞不通啊！

（5）它（大樹）不會遭到斧頭的砍伐而夭折，沒有甚麼東西去傷害它，它無所可用，哪裏還會招來困苦呢！

二、試從本篇文章中找出三個常用成語：

（舉例）
鵬程萬里
大相徑庭
大而無用

三、解釋以下畫線字詞：

（1）<u>怒</u>而飛：怒，奮發振作的樣子。

（2）其堅不能自<u>舉</u>也：舉，承受。

四、試回答以下問題：

（1）在莊子看來，怎樣才是真正的「逍遙」呢？試選取文中例子回答。

在莊子看來，只有「乘天地之正，而御六氣之辯，以遊無窮者」

超脫一切，擺脫一切外物羈絆，才是真正的「逍遙」。

（2）從小雀和大鵬的故事中，我們能得到甚麼教訓？

（舉例：小雀滿足於日常溫飽，眼界狹窄，不能理解大鵬的志存

高遠和厚積薄發。小雀自我陶醉的生活不是真正的逍遙等等。）

‖ 內篇選讀　齊物論 ‖

一、將以下文字翻譯為白話文：

（1）才智超羣的人廣博豁達，只有點小聰明的人則樂於細察、斤斤

計較；合於大道的言論就像猛火烈焰一樣氣焰凌人，拘於智巧

的言論則瑣細無方、沒完沒了。

（2）追隨業已形成的偏執己見並把它當作老師，那麼誰沒有老師呢？

為甚麼必須通曉事物的更替並從自己的精神世界裏找到佐證的

人才有老師呢？

（3）養猴人給猴子分橡子，說：「早上給三升，晚上給四升」。猴子

們聽了非常憤怒。養猴人便改口說：「那麼就早上四升晚上三升

吧。」猴子們聽了都高興起來。名義和實際都沒有虧損，喜與怒

卻各為所用而有了變化，也就是因為這樣的道理。

（4）他們都愛好自己的學問與技藝，因而跟別人大不一樣；正因為

愛好自己的學問和技藝，所以總希望能夠表現出來。

（5）我從孔夫子那裏聽到這樣的言論：聖人不從事瑣細的事務，不

追逐私利，不迴避災害，不喜好貪求，不因循成規；沒說甚麼又好像說了些甚麼，說了些甚麼又好像甚麼也沒有說，因而遨遊於世俗之外。

（6）莊周夜裏夢見自己變成蝴蝶，欣然自得地飛舞着，感到多麼愉快和愜意啊！乃至於不知道自己原本是莊周。等到突然間驚醒，驚惶不定之間才意識到自己是莊周。不知是莊周夢中變成蝴蝶呢，還是蝴蝶夢見自己變成莊周呢？

二、解釋以下詞句中畫線字詞的意思：

（1）**嗒焉**似喪其**耦**：嗒焉：離形去智的樣子。耦：匹對。

（2）終身**役役**而**不見其成功**：役役：相當於「役於役」。意思是為役使之物所役使。一說勞苦不休的樣子。

（3）夫大道**不稱**，大辯不言，大仁不仁，**不廉不嗛**，**不勇不忮**：稱：宣揚，稱道；嗛：通「謙」，謙遜；忮：傷害。

三、本文中包含了許多成語，請閱讀原文，簡單解釋以下成語的意義：

（1）**槁木死灰**：意思是枯乾的樹木和火滅後的冷灰。比喻心情極端消沉，或者人清虛冷靜，對一切外物無動於衷。

（2）**朝三暮四**：意思是原指玩弄手法欺騙人。後用來比喻常常變卦，反覆無常。

（3）**莊周夢蝶**：莊子運用浪漫的想像力和美妙的文筆，通過對夢中變化為蝴蝶和夢醒後蝴蝶化為己的事件的描述與探討，提出了人不可能確切地區分真實與虛幻和生死物化的觀點。

（4）**天籟之音**：一種解釋是指自然界的聲響，如風聲、鳥聲、流水聲等；指詩文天然渾成得自然之趣，通俗用法為形容聲音好聽。

‖ 內篇選讀　養生主 ‖

一、將以下文字翻譯為白話文：

（1）人們的生命是有限的，而知識卻是無限的。以有限的生命去追求無限的知識，勢必體乏神傷，既然如此還在不停地追求知識，那可真是十分危險的了！

（2）庖丁為文惠君宰牛，手抓肩頂，腳踩膝抵，各種動作無不精確利索。此時牛體被肢解發出嘩啦嘩啦的或重或輕的響聲，庖丁進刀發出的陣陣唰唰聲，都無不符合音樂的節奏，合乎《桑林》舞曲的節拍，同於《經首》樂章的韻律。

（3）我所愛好的是道，已經超過技術的層面了。

（4）因為那牛骨節是有間隙的，而這刀刃卻薄得猶如沒有厚度，用沒有厚度的刀刃切入有間隙的骨節，這其中寬寬綽綽的，當然會遊刃有餘了。

（5）此時我提刀站立，環顧四周，悠然自得，心滿意足，把刀子揩淨收好。

二、解釋一下文句中畫線的字詞：

（1）已而為<u>知</u>者，殆而已矣：知：知識，求知。

（2）<u>緣督以為經</u>，可以保身，可以<u>全生</u>，可以<u>養親</u>，可以<u>盡年</u>：順應自然的中正之道以為常法。緣：循，順應。督：督脈，人的脊骨；全生：保全天性；養親：一說「親」指「真君」，即養精神。一說親即血緣之親，即照料親屬；盡年：安享天年。

（3）庖丁為文惠君解牛，手之所觸，肩之所<u>倚</u>，足之所履，膝之所<u>踦</u>，<u>砉然響然</u>，奏刀<u>騞然</u>，莫不<u>中音</u>：踦：通「倚」；砉然響然：形容解牛時發出的聲音；中音：符合音樂的節奏。

（4）方今之時，臣以<u>神</u>遇而不以目視，<u>官</u>知止而神欲行：神：心神；
　　　官：指感官，耳目等器官。

（5）依乎天理，<u>批大郤</u>，<u>導大窾</u>，<u>因其固然</u>；技經肯綮之未嘗，而況
　　　大軱乎！：批大郤：「批」，擊。「郤」指筋骨間的縫隙；導大
　　　窾：「導」，引刀而入。「窾」，空，指骨節空處；因其固然：順
　　　着牛的自然結構。

‖ 內篇選讀　人間世 ‖

一、將以下文句翻譯為白話文：

（1）如果不用法度去勸導他，勢必要危害國家；如果用法度去規勸
　　　他，勢必要危害到我自己。他的智力剛夠得上知道別人的過錯，
　　　卻不知別人為甚麼犯這樣的過錯。

（2）你不知道那螳螂嗎？牠奮力舉起雙臂去阻擋車輪，卻不知道自
　　　己的力量根本就不能勝任，這是因為牠把自己的才能看得太了
　　　不起的緣故。要警戒啊，要謹慎啊，經常誇耀自己的才能去觸
　　　犯他，這就危險了。

（3）假使我對人確實有用，我還能長得如此高大嗎？況且，你與我都
　　　是天地間的物，為甚麼你把我視為散木這東西呢？

（4）像形體殘缺不全的人，尚且能夠養活自身，享盡天年，更何況那
　　　忘掉世俗德行的人呢！

（5）幸福比羽毛還要輕，卻不知道珍惜；災禍比大地還要重，卻不知
　　　道躲避。

（6）山上的良木是因為成材而招來砍伐；油脂可燃是自己招來的煎熬。
　　　桂樹由於可以食用，所以遭人砍伐；漆樹由於可以做塗料，所以
　　　遭人割取。世人都知道有用的用途，卻不知道無用中的用途。

二、解釋以下句子中畫線的字詞：

（1）形莫若就，心莫若和：就：親近；和：誘導，勸誘。

（2）夫柤梨橘柚果蓏之屬，實熟則剝，剝則辱。大枝折，小枝泄：
辱：扭折；泄：牽引。

（3）且也，彼其所保與眾異，而以義喻之，不亦遠乎？：以義喻之：
從常理來衡量它。

三、解釋以下從原文中提取出的成語：

（1）**螳臂當車**：螳螂舉起雙臂想要阻擋車子，比喻不自量力，亦指抗
拒不可抗拒的強大力量必然招致失敗。

（2）**虛室生白**：心無任何雜念，就會悟出「道」來，生出智慧。也常
用以形容人的精神心地達到了清澈明朗的境界。

（3）**山木自寇**：山上的樹木因為長成材因而招來砍伐。指因為有用
而招來災禍。

（4）**不材之木**：不材之木原意是指無可取之材，是無用的樹木。延伸
意義是指看上去華麗強大的東西，實際上並沒有甚麼用處。

‖內篇選讀　德充符‖

一、將下列語句翻譯為白話文：

（1）他沒有統治者的權位去挽救人們的死亡，也沒有積蓄的錢
糧去滿足人們的溫飽，而且又面貌醜陋得讓天下人見了都要震
驚，他贊同別人的意見，並不堅持自己的說法，他的智慮不
超出人世之外，然而男人女人都來親近他，這必定有異於常人
之處。

（2）平，這是水極端靜止的狀態。它可以作為我們取法的標準，內心保持極端靜止的狀態，就能不為外界變化所搖盪。道德這東西，實際上就是成就純和的修養。道德高尚不露，萬物自然親附不離。

（3）起初，我以國君的地位治理天下，執掌生殺的法紀而憂慮百姓的死亡，我自以為非常明達了。如今我聽了至人哀駘它的言論，恐怕我言過其實，只是輕率地動用自己的身心，以致使國家陷於危亡的境地。

（4）是是非非的分別，這是我所說的情。我所說的無情，是不要因為好惡愛憎之類的情緒損害自己的本性，要經常順任自然而不是人為的去增益生命。

二、解釋以下句子中畫線的字詞：

（1）**使之和豫通而不失於兌，使日夜無隙而與物為春**：和豫通：安適通暢；兌：通「悅」；與物為春：應物之際，春然和氣。萬物欣欣向榮之意。

（2）**寡人卹焉若有亡也，若無與樂是國也**：卹：恤的異體字，指憂慮；亡：丟失。

（3）**道與之貌，天與之形**，無以好惡內傷其身：自然之道給了你容貌，天然之理已經給了你形體。

三、解釋以下從原文中提取出的成語：

（1）**和而不唱**：指贊同別人的意見，不堅持自己的說法。

（2）**南面而王**：古代以坐北朝南為最尊貴的位置，帝王上朝面對臣子們時便是坐北朝南。因此這個成語代指稱王稱帝。

（3）**生死窮達**：一個人生或死，處境窮困潦倒或者飛黃騰達事事遂心，指的是一個人生命中的各種不同命運。

‖ 內篇選讀　大宗師 ‖

一、將以下句子翻譯為白話文：

（1）知道天道自然運化，也知道人類的主觀所為，可稱得上是認知的極致了。知道天道運化的自然之理，這是由於順應自然的道理而得知；知道人類的後天所為，這是用人類智力所能知道的道理，去順應智力所不能知道的，讓自己享盡天年而不至於中途死亡，這也算是智力的極致了。

（2）古時候的「真人」，不倚眾凌寡，不自恃成功雄踞他人，也不圖謀瑣事。像這樣的人，錯過了時機不後悔，趕上了機遇不得意。

（3）所以說有心和外界交往，就不是聖人；有親疏之分，就不是仁人；揣度天時，就不是賢人；利害不能相通為一，就不是君子；追求聲名而失去本性，就不是士人；自喪真性，只能被人役使，就不是役使之人。

（4）他把刑律作為主體，把禮儀作為輔助，憑藉智慧審時度勢，以道德為處事所遵循的原則。

（5）泉水乾枯了，魚兒一同困在陸地上，牠們互相吐着濕氣滋潤着對方，又用唾液沾濕彼此的身體，與其如此，牠們寧願回到江湖中，把彼此都忘掉。但與其讚美堯而非難桀，不如把兩人的善惡是非都忘掉，而同化於大道之中。

（6）他們正在和造物者為朋友，而遊於萬物之初的渾沌境地。他們把生命看作是附着的肉瘤，把死亡看作是肉瘤的潰敗，像這樣子，又哪裏知道生死先後的區別呢！

二、解釋以下文句中畫線的字詞：

（1）古之真人，其狀<u>義而不朋</u>，若不足而不承；<u>與乎</u>其<u>觚</u>而不堅也，

張乎其虛而不華也；邴邴乎其似喜也，崔崔乎其不得已也：義而不朋：義通作「峨」（亦寫作「峩」），高的意思。朋：通作「崩」，崩壞的意思。「義而不朋」意思是嵬峨而不矜持。一說「義」講作「宜」，指與人相處隨物而宜；「朋」講作「朋黨」，指與人交往卻不結成朋黨；與乎：自然的樣子；觚：特立不羣；邴邴：欣喜的樣子。

（2）夫道，有情有信，無為無形；可傳而不可受，可得而不可見：情、信：真實、確鑿可信；傳：傳遞、感染、感受的意思。

（3）相造乎水者，穿池而養給；相造乎道者，無事而生定：造：往，適；給：足。「養給」即給養充裕；生：通作「性」，「生定」即性情平靜安適。

三、解釋一下從文中擷取的成語典故：

（1）莫逆之交：指情投意合的真心朋友。

（2）相濡以沫：比喻在困難的環境裏，用微小的力量互相幫助。

（3）藏舟：典故來自「藏舟於壑，藏山於澤」，比喻事物是在不斷變化的，不可以墨守成規。

‖ 內篇選讀　應帝王 ‖

一、將以下句子翻譯為白話文：

（1）聖人治理天下，難道是用法度來約束人們的外在表現嗎？聖人是先端正自己，而後才會感化他人，任隨人們能夠做的事情去做就是了。

（2）你的心神要安於淡漠，你的形氣要合於虛寂，順着萬物的自然本性而不摻雜私意，天下就可以大治了。

（3）至人用心猶如明鏡，物來不迎，物去不送，物來應照，物去不留，順任自然，不存私心，所以能夠超脫物外而不為外物所傷害。

二、解釋以下文句中畫線的字詞：

（1）泰氏其臥<u>徐徐</u>，其覺<u>于于</u>：徐徐：安閒，舒緩；于于：「于」為「迂」之代字，形容自得的樣子。

（2）予方將與造物者為人，厭則又乘夫<u>莽眇之鳥</u>，以出六極之外，而<u>遊無何有之鄉</u>，以處<u>壙埌</u>之野：莽眇之鳥：喻以清虛之氣為鳥，遊於太空；壙埌：空曠寥闊。

（3）無為<u>名尸</u>，無為<u>謀府</u>，無為<u>事任</u>，無為<u>知主</u>：名尸：名譽之主，謂囿於名譽；謀府：指謀慮所從出之處，指計策由一個人獨自設計而出；事任：指強行任事。知主：主於智巧。

三、解釋一下從文中擷取的成語：

（1）<u>渾沌鑿竅</u>：指不顧及自然，破壞事物的本來規律。

（2）<u>涉海鑿河</u>：渡過海鑿開河道，比喻事情無法成功。

（3）<u>蚊虻負山</u>：以蚊蟲的力量去背負高山，比喻讓力量弱小者擔負重任。

‖ 外篇選讀　駢拇 ‖

一、將以下句子翻譯為白話文：

（1）連生的腳趾與歧生的手指雖然是天生的，但是對於人的體容來說卻是多餘的；附着在人體上的肉瘤，雖然生長在人身上，但是對於天生的身體卻是多餘的；使用各種方法推行仁義，並把它匹配人類天性，但這些並非是道德的本然。

（2）過分辯解的，猶如纍瓦結繩般的堆砌語詞，穿鑿文句，馳騁心思，致力於堅白同異論題的爭論上，豈不是疲憊地誇耀自己的無用之言嗎？

（3）所以野鴨的腿雖然短小，但給牠接上一段就會帶來痛苦；野鶴的腿雖然修長，但給牠截去一節就會帶來悲哀。所以本性是長的，就不該去截短它；本性是短的，就不該去接長它，這樣也就沒有甚麼可憂慮的了。

（4）要用曲尺、墨線、圓規、角尺來修正事物的，這就損害了事物的本性；要用繩索、膠漆來固定事物的，這就侵害了事物的品質；那些用禮樂來周旋，用仁義來安撫，以此告慰天下人心的，這就違背了事物的自然生態。

（5）所以天下萬物都是自然而然的生長，卻不知道它是如何生長的；天下萬物都有所得，卻不知道它是如何取得的。所以古往今來，萬物的自然之理都是一樣的，不能夠用人為的東西去虧損自然的本性。

（6）我所說的完美，絕不是仁義之類的東西，而是比各有所得更美好罷了；我所說的完善，絕不是所謂的仁義，而是放任天性、保持真情罷了。我所說的聰敏，不是說能聽到別人甚麼，而是指能夠內審自己罷了。我所說的視覺敏銳，不是說能看見別人甚麼，而是指能夠看清自己罷了。

二、解釋以下文句中畫線的字詞：

（1）**多方乎仁義而用之者，列於五藏哉，而非道德之正也**：多方：多端，多種；五藏：即五臟，此處代指人類自然天性；正：本然，本來的樣子。

（2）**是故駢於明者，亂五色，淫文章，青黃黼黻之煌煌非乎**：淫文章：沉溺於文采；黼黻：絢麗華美的花紋。

（3）<u>適</u>人之適而不自適其適者也：適：安適。

（4）余愧乎<u>道德</u>，是以上不敢為仁義之<u>操</u>：道德：這裏指對宇宙萬物本體和事物變化運動規律的認識；操：節操，操守。

‖ 外篇選讀　馬蹄 ‖

一、將以下句子翻譯為白話文：

（1）馬蹄可以踐踏霜雪，馬毛可以抵禦風寒。馬吃草飲水，舉足跳躍，這是馬的真性情。

（2）那人民是有不變的天性的，他們織布穿衣，耕田吃飯，這是共同的本能。彼此渾然一體，沒有偏向，可以稱為自由放任。

（3）人們都一樣的不用智巧，自然的本性就都不會喪失；人們都一樣的沒有貪慾，所以都純真樸實。人們都純真樸實，也就能永葆人的自然本性了。

二、解釋以下文句中畫線字詞：

（1）燒之，剔之，<u>刻</u>之，<u>雒</u>之。連之以<u>羈馽</u>，<u>編</u>之以皂棧：刻：鑿削（馬蹄）；雒：用燒紅的鐵給馬上烙上火印，作為標識；羈馽：馬絡頭和牽絆馬足的繩子；編：（用繩子）按順序編排；皂棧：馬槽、馬棚。

（2）故至德之世，其行<u>填填</u>，其視<u>顛顛</u>：填填：質重的樣子；顛顛：形容人樸拙無心，言民之真性。

‖ 外篇選讀　在宥 ‖

一、將以下句子翻譯為白話文：

（1）從前堯治理天下時，讓人欣喜若狂、快樂不已，這就不寧靜了；
桀治理天下時，使人疲於奔命、痛苦不堪，這就不愉快了。讓天
下之人不寧靜不愉快，這並不是人的自然本性。違背人的自然
本性而可以長久的，這是天下沒有的事情。

（2）所以說把自身看得比天下還重的人，才可以把天下託付給他；
珍愛自身甚於珍愛天下的人，才可以把天下託付給他。

（3）至道的精粹，幽冥深遠；至道的精微，靜默無聲。不要外視，不
要外聽，靜守精神，身體會自然康寧純正。

（4）隨意漂泊於世，無所貪求；隨心所欲，自由奔放，不知所往；在
無拘無束、無心無意的漫遊中，來觀察萬物的本來面目。

（5）你只要處心無為，而那萬物將會自然化生。廢棄你的形體，拋掉
你的聰明，物我俱忘，與自然之氣混同如一。

二、解釋以下文句中畫線的字詞：

（1）而且<u>說</u>明邪，是<u>淫</u>於色也；⋯⋯說禮邪，是<u>相</u>於<u>技</u>也；說樂邪，
是相於淫也；說聖邪，是相於<u>藝</u>也；說知邪，是相於<u>疵</u>也：說：
喜悅；淫：沉溺，為之所迷亂；相：助；技：技巧，這裏指熟悉
禮儀；藝：才能；疵：毛病，這裏指辨別細小的是非。

（2）<u>尸</u>居而<u>龍見</u>，<u>淵默</u>而雷聲：尸：一動不動的樣子；龍：精神騰飛
的樣子，見：顯現；淵默：像深淵那麼默默深沉。

（3）萬物<u>云云</u>，各復其<u>根</u>，各復其根而不知：云云：眾多的樣子；根：
指固有的真性。

（4）雲氣不待**族**而雨，草木不待黃而落，日月之光益以**荒**矣，而佞人之心**翦翦**者，又奚足以語至道：族：聚集；荒：黯淡；翦翦：淺淺，淺薄陋狹的樣子。

三、解釋文中提煉的成語：

（1）**窈窈冥冥**：指微妙精深，渺茫恍惚的樣子。

（2）**歡呼雀躍**：高興得像麻雀那樣跳起來，用來描寫人快樂的樣子。

‖ 外篇選讀　秋水 ‖

一、將以下句子翻譯為白話文：

（1）而且我還曾經聽說過有人認為孔子的見聞很少和輕視伯夷氣節的話，當初我還不信。現在我親眼目睹了你那望不到邊的海水，難以窮盡，我若不是來到你的門前，那就危險了，我將永遠被得道的人譏笑。

（2）對於井中之蛙不能和牠談論大海，這是由於牠局限在井中很小的地方；對於夏生秋死的昆蟲不能和牠談論結冰的事情，這是由於牠的生命局限在很短的時間；對於淺陋偏執人士不能和他談論大道，這是由於他被世俗之學所束縛。

（3）正存有自以為渺小的想法，哪裏還會感到自大自滿呢！計量四海在天地之間所佔的分量，不就像在大澤中的一個蟻窩嗎？計量中國在四海之內所佔的分量，不就像在大糧倉中的一粒小米嗎？物類名稱的數目有萬種之多，而人類只是其中的一種。

（4）莊子在濮水垂釣，楚威王派遣了兩位大夫先去試探莊子的心意，說：「大王願意把國內政務委託給先生。」

二、請修改以下成語中錯誤的漢字，並解釋其含義：

（1）正確詞彙：望洋興歎。原意是在偉大的事物面前感歎自己的渺小。現在比喻做事條件或者力量不夠而無可奈何。

（2）正確詞彙：孤雛腐鼠。比喻微賤到不值一提的人或事物。

（3）正確詞彙：曳尾塗中。原意是與其位列卿相，受爵祿、刑罰的管束，不如隱居而安於貧賤。後也比喻在污濁的環境裏面苟且偷生。

‖ 外篇選讀　至樂 ‖

一、將以下文句翻譯為白話文：

（1）世界上所尊貴的，是富有、高貴、長壽和美名；所快樂的，是居處安逸、飲食豐美、服裝華麗、顏色悅目和音樂動聽；所鄙視的，是貧苦、卑賤、夭折和惡名；所痛苦的，是身體得不到安逸，口腹享受不到美味，外在穿不上美服，眼睛看不到美色，耳朵聽不到美聲。

（2）我看世俗之人所認為快樂的，大家競相追逐，那種興致高亢的樣子，好像無法平靜下來，他們都認可的快樂，我不知道有甚麼快樂，也不知道有甚麼不快樂。

（3）可是觀察她本來就是沒有生命的，不僅沒有生命而且沒有形體，不僅沒有形體而且沒有氣息。在若有若無之間，變而成氣，氣變而成形，形變而成生命，現在又變而為死，這樣生來死往的變化就好像春夏秋冬四季交替一樣。

（4）所以先代的聖人不求才能的劃一，不求都做相同的事情。名稱要符合實際，義理的設置要適合人們的生活習性，這就叫做道理通達，福分持久。

二、選擇題：

（1）以下哪一種不是普通人認為的樂事？（D）

　　A. 厚味

　　B. 美服

　　C. 音聲

　　D. 自然

（2）以下哪一件事，不是魯侯養鳥時做過的？（B）

　　A. 給鳥準備牛羊等宴會食品

　　B. 把鳥放到海邊沙灘上

　　C. 奏樂給鳥聽

　　D. 在宗廟擺酒招待

‖ 雜篇選讀　天下 ‖

一、將以下文句翻譯為白話文：

（1）以仁愛來施行恩惠，以義來分別事理，以禮來規範行動，以音樂來調和性情，充溢着温和仁慈的言行，這種人被稱為君子。

（2）他們割裂了天地的和美，離析了萬物的常理，破壞了古人完美的道德，很難具備天地的自然純美，相稱於神明的形容。

（3）他（關尹）活動時像流水一樣自然，靜止時像鏡子一樣清明，動靜無心，猶如空谷回聲。恍惚中像是容洞無物，寂寞中像是清虛無有。未嘗跑在別人的前面，而是常常跟隨在別人後面。

（4）人人都爭先，我自甘落後，這就是說願意承受天下人的垢辱。人人都追求實惠，我獨索取虛無，正因為沒有積蓄，所以感到富足，富足得如高山般的堆積。

（5）莊子認為天下之人沉迷不悟，不能使用莊重的語言與他們交流，

於是使用無心的「巵言」來敍述事情，隨時更新，符合自然的分際；引用先哲先賢的「重言」來說話，讓人感到真實可信；運用有所寄託的「寓言」來講故事，推廣深刻的道理。獨自和天地自然相往來，卻從不傲視萬事萬物。不責問誰是誰非，而混跡於世俗之中。

（6）惠施的才能，放蕩而無所收穫，追逐萬物而永不回頭，這是用聲音阻止回聲，形體和影子競走，是很悲哀的呀！

二、選擇題：

（1）以下哪一位是屬於道家的思想家？（A）

A. 老聃

B. 孔子

C. 惠施

D. 公孫龍

（2）以下古典作品以及《天下》認為它們的功用，搭配錯誤的是（B）

A.《尚書》—— 記載政事

B.《詩經》—— 鑒賞文學

C.《易經》—— 講述陰陽變化規律

D.《禮》—— 講述行為規範

（3）《天下》中對大道的理解和踐行不同，使人們產生了不同的類型，以下搭配類型正確的是（D）

A. 不背離大道本質 —— 神人

B. 以大道為門徑，預知變化的徵兆 —— 至人

C. 不背離大道精純 —— 聖人

D. 以仁愛來施行恩惠，以義來分別事理，以禮來規範行動，以音樂來調和性情，充溢着溫和仁慈的言行 —— 君子

中學生
文言經典選讀

責任編輯：楊歌
裝幀設計：李洛霖
排版：陳美連　賴艷萍
印務：劉漢舉

莊子

導讀及譯注
朱慧

出版
中華教育
香港北角英皇道 499 號北角工業大廈 1 樓 B
電話：(852) 2137 2338　傳真：(852) 2713 8202
電子郵件：info@chunghwabook.com.hk
網址：http://www.chunghwabook.com.hk

發行
香港聯合書刊物流有限公司
香港新界大埔汀麗路 36 號 中華商務印刷大廈 3 字樓
電話：(852) 2150 2100　傳真：(852) 2407 3062
電子郵件：info@suplogistics.com.hk

印刷
美雅印刷製本有限公司
香港觀塘榮業街 6 號海濱工業大廈 4 字樓 A 室

版次
2020 年 7 月第 1 版第 1 次印刷
©2020 中華教育

規格
16 開 (210mm x 153mm)

ISBN
978-988-8675-60-9